Chau

L'atome planétaire

roman

aux poètes français

«First, there is Physics. And everything else is just stamp collecting.»

«La Physique vient en premier. Et tout les reste, n'est que philatélie»

Ernest Rutherford

Chapitre 1

Il existe un rapport assez mystérieux entre la destinée des grands scientifiques et celle des grands poètes. Tous deux passent souvent par une période d'incrédulité plus ou moins longue du public qui précède en général leur reconnaissance. Pendant ce temps, seul un petit nombre dans leur entourage immédiat a conscience de leur importance : c'est que la science, un peu comme la poésie, est pratiquée au plus haut niveau par un très petit nombre d'adeptes. On disait qu'à l'origine cinq personnes seulement dans le monde avaient compris les grands articles d'Einstein. Parmi les cinq, d'ailleurs, si cette histoire est vraie, on pourrait compter Georg Adolphus Schott, qui avait tout lu d'Albert Eistein, même ses articles en allemand. Mais la reconnaissance, dans le cas de Schott, suivit un chemin à la fois injuste et tortueux. Il ne suffit pas d'être remarquable. Il faut aussi être remarqué.

Voilà pour les ressemblances.

La différence entre le grand poète et le grand chercheur est néanmoins que l'homme de science a probablement davantage de chances d'être reconnu de son vivant. Il a même intérêt à l'être le plus vite possible, car la science ne cesse d'avancer en balayant souvent son propre passé derrière elle, de sorte que le présent est constamment menacé de disparition. Il faut donc qu'il s'impose pendant qu'il est encore temps. Le poète, au contraire, étant assez rarement reconnu de son vivant, doit se méfier d'une célébrité trop rapide, car elle risquerait souvent d'être moins durable.

Comment se fait-il que le scientifique jouisse d'un avantage si grand sur le poète ? Cela tient sans doute à deux facteurs essentiels. Le premier est que la science est construite (nous dit-on) de certitudes. Il est indubitable que l'expérience joue un rôle irremplaçable et merveilleux dans la confirmation de toute idée nouvelle : on a même l'habitude de penser que la nature en personne répond aux grandes questions que lui posent les savants. Elle arrive à point nommé dans de grands moments qui restent légendaires. Parfois, c'est une expédition pour observer une éclipse à l'autre bout du monde. Parfois, un télescope dans une fusée qui nous avertit de très loin sur les propriétés de l'univers. Elle confirme ainsi les découvertes les plus profondes, ce qui élimine toute ambiguïté à leur propos. Le poète, lui, doit s'en passer. Il est tout seul devant le public. Il invoque la nature mais ne peut guère l'appeler à son secours.

Le deuxième facteur est sociologique. Les savants sont un corps puissant que les états eux-mêmes reconnaissent et dont ils doivent tenir compte. Qui sait ce qu'ils vont nous inventer ? Leurs travaux risquent-ils de changer de fond en comble les habitudes de notre société? Les scientifiques, et en particulier les physiciens et les chimistes, se sont organisés en premier pour se faire connaître avec fracas. Ils tirent plus de notoriété du prix Nobel, devenu une référence de célébrité presque indispensable parmi les chercheurs eux-mêmes, que ne le peuvent de simples littérateurs . Chez les poètes, surtout, les prix ne garantissent absolument rien. Un inconnu sort bientôt de l'ombre, après la disparition des plus célèbres, pour usurper la première place à ceux qui se croyaient arrivés.

Autant que les savants eux-mêmes, ce sont leurs laboratoires, leurs universités, les murs dans lesquels ils ont travaillé qui sont vénérés.

C'est ainsi, parmi les physiciens, que le laboratoire Cavendish de Cambridge s'est imposé en peu d'années comme l'un des lieux de création les plus importants de toute l'histoire des sciences dites exactes. Aucun autre laboratoire au monde ne peut s'enorgueillir d'avoir produit autant de lauréats du Nobel au mètre carré et cette période de l'histoire reste donc légendaire. Le patron de ce laboratoire mythique, Ernest Rutherford, fait figure de Midas intellectuel. Chacun de ceux qui travaillaient auprès de lui, chaque membre de son équipe, devenait lui-même lauréat tôt ou tard – situation unique et stupéfiante, trop improbable pour qu'elle se répète jamais.

Tous, il est vrai, sauf un. Il fallait bien qu'il y eût une exception à la règle car la science, elle aussi, est une œuvre humaine et chacun sait, depuis les temps bibliques, que les constructions de l'homme sont nécessairement imparfaites. Il devait bien y avoir, caché derrière ce décor de temple grec, un représentant de la misère humaine, quelque malheureux qui n'aurait pas trouvé sa place et ferait figure de poète parmi les autres.

L'histoire de ce grand oublié de l'Université de Cambridge est passionnante. Elle fait ressortir quelques leçons bonnes à entendre au sujet de la vanité de toutes les réputations, même scientifiques, et de la reconnaissance en général. C'est pourquoi il est intéressant de se pencher sur son cas, connu encore aujourd'hui seulement de quelques spécialistes.

Aux scientifiques comme aux poètes, il peut arriver de naître dans un siècle qui ne leur convient pas ou dans un lieu qui ne leur est pas propice, dans un environnement social contraire ou dans une famille dont les croyances sont défavorables à l'ouverture d'esprit. L'histoire nous propose beaucoup de grands exemples. Chez les poètes, on songe à Cavafy, né à la périphérie du monde grec, à une période très éloignée et de celle d'Homère et de la grande épopée d'Alexandre, qui sut néanmoins surmonter ces handicaps majeurs pour devenir la grande voix des Hellènes dans les temps modernes.

Mais s'il fallait chercher un exemple encore plus étonnant dans les sciences, celui de Schott me viendrait à l'esprit : celui d'un brillant esprit qui proposa une idée profonde dont personne ne voulait. Elle apparaissait à contretemps dans un monde qui n'en voulait guère, car elle semblait périmée et contraire à la modernité. Pire encore, elle était trop en avance sur le siècle et, par conséquent, les systèmes auxquels elle pouvait s'appliquer n'existaient pas encore. On ne les avait pas trouvés. Ce fut donc un autre qui lui vola l'idée et qui, sciemment ou non, le rejeta dans les oubliettes de l'histoire. Pourtant, sa carrière avait débuté brillamment. Rien n'annonçait une destinée aussi contrariée. Son aventure demeure comme une sorte d'épopée à l'envers qui fait de lui un Don Quichotte de la science de son temps. Il combattait, lui aussi, contre des moulins et sembla toujours perdre. Pourtant, il n'avait pas tort dans son combat, sauf qu'il s'était trompé d'époque. Il vint à la fois trop tôt et trop tard.

Mais il y a de la grandeur aussi à manquer tous les trains et, si l'on peut dire une chose pertinente à son propos, c'est justement qu'il devait trouver, à son époque, une première place digne de lui. Ne l'ayant pas trouvée, il reste une figure à la fois romanesque et romantique : celle du grand incompris, du grand oublié, dont l'importance ne pouvait s'imposer de son temps. Il restera dans l'ombre si l'on ne fait l'effort d'aller le chercher. Or, l'ombre et le secret ont le charme du mystère.

.

Chapitre 2

Quand George Adolphus Schott parut devant lui pour la première fois, Ernest Rutherford lui-même fut impressionné. Il s'agissait, il faut le dire, d'un des plus brillants esprits de l'Université de Cambridge, issu de Trinity, le collège le plus exclusif pour les mathématiciens. Schott était sorti major aux examens de cette école, la plus prestigieuse du Royaume, où Rutherford lui-même avait terminé ses études. Il excellait dans les sciences abstraites et, pour couronner le tout, était capitaine de l'équipe de joueurs d'échecs de l'Université. Même Rutherford, toujours méfiant envers les théoriciens, fut ébloui par la rencontre. Il comprit aussitôt qu'il avait devant lui une haute intelligence et une personnalité scientifique radicalement différente de la sienne. Le cheminement suivi par Schott était tout autre que le sien, ce qui lui permettait malgré tout d'appréhender les lois de la nature avec une égale profondeur.

Rutherford savait déjà qui lui rendait visite. Schott, de trois ans son aîné, était passé comme une comète dans l'université où le Néo-Zélandais devait terminer ses études cinq ans plus tard. Jusqu'alors, sa réputation, dans le petit cercle des anciens de Trinity, était seulement celle d'un brillant étudiant. Rutherford, déjà Professeur à vingt-six ans de l'Université McGill à Montréal, puis Professeur titulaire à l'Université de Manchester, jouissait, lui, d'une célébrité mondiale. Là où Schott restait presque volontairement en retrait, le Néo-Zélandais ne cessait de s'affirmer. Pourtant, Rutherford connaissait déjà de réputation l'étonnant mathématicien, dont la carrière fulgurante, à Cambridge, avait impressionné tout le monde.

L'originalité de Schott était une bizarrerie, une excentricité. Après un si brillant début, il s'enterrait inexplicablement dans une toute nouvelle école de province. C'était une institution tout à fait secondaire. En réalité, personne n'avait entendu parler de l'Université d'Aberystwyth. Même le nom semblait absurde. Créée en 1872, elle n'avait aucun passé ni aucune histoire. Que faisait-il donc là-bas ? Personne ne comprenait. C'était un mystère dont nul ne trouvait la clé.

Pourquoi se réfugier dans le Pays de Galles ? Sans doute était-ce une marque de discrétion de la part d'un homme qui, jusqu'alors, s'était contenté d'étonner ses contemporains sans chercher à se mettre en avant, ni à briguer la première place. Il lui semblait vulgaire de vouloir s'expliquer. Dans ce sens, Schott était le parfait gentleman. Rutherford, débarqué avec fracas de la Nouvelle Zélande et fils de paysan, fut sensible à l'élégance du personnage. Il se crut au départ devant un représentant de l'*establishment*, cette mystérieuse aristocratie qu'il avait entrevue pendant ses études à Cambridge sans en comprendre les coutumes.

Pourtant George Adolphus Schott, s'il venait d'une famille bourgeoise suffisamment prospère pour employer des domestiques et s'il savait donner le change, n'était ni un véritable aristocrate, ni même tout à fait anglais. Il arborait une élégance apprêtée, venue d'ailleurs. Il parlait trop bien, se tenait trop bien et respectait avec trop d'application les règles sociales en cours dans le milieu exclusif de sa grande école. Ses camarades disaient de lui : '*He's too English to be true*' (il est trop anglais pour être crédible), moquerie peut-être un peu cynique, mais qui avait son fondement. Il dissimulait le mieux possible son identité de fils d'immigrés allemands, portait avec naturel le prénom anglicisé de 'George' et révélait uniquement à ses amis intimes son deuxième prénom 'Adolphus' (une tare, car il le savait étranger, voire même un peu ridicule en Angleterre) . Plus tard dans la vie, à cause de la connotation politique très désagréable de ce nom, il tenta même de l'effacer et de s'en trouver un autre pour échapper à l'opprobre qu'il suscitait.

Dans cette première rencontre, même si Rutherford avait l'avantage de la célébrité, il se sentit un peu rustre. A côté de lui, Schott faisait figure d'homme du monde. Il avait un certain vernis social qui le faisait briller d'une autre manière. Il possédait à la perfection ce je ne sais quoi de distingué qui appartient aux hommes de naissance bourgeoise et perpétue une tradition familiale. Si, par la suite, celui qui devint patron du Laboratoire Cavendish le traita toujours avec le plus grand respect, c'était bien sûr qu'il admirait secrètement le brillant mathématicien et le grand joueur d'échecs. Mais c'était aussi à cause de ce petit avantage social, de ce style impossible à acquérir pour un Néo-Zélandais comme lui et très important dans la société anglaise de cette époque. Schott incarnait un savoir-vivre qu'il était condamné à admirer de loin. Même s'il en avait eu la tentation, il savait que ses propres origines lui interdisaient de suivre un tel exemple.

Tous deux anciens de Trinity College, ils partageaient des souvenirs qu'ils ne tardèrent pas à échanger au sujet des manies bizarres de leurs anciens professeurs. Ils se souvinrent du docteur en théologie qui cachait une bouteille de Porto derrière ses livres, du mathématicien qui écrivait même les blagues à l'avance dans ses notes de cours. De là, ils en vinrent à aborder les motivations profondes qui avaient conduit George Schott jusqu'à Manchester pour rencontrer Rutherford.

- C'est à cause de votre modèle planétaire de l'atome, lui expliqua-t-il. C'est une idée qui me séduirait beaucoup si elle était possible, mais ses conséquences me tourmentent. Votre directeur de thèse, notre JJ Thomson, l'homme de l'électron, avait proposé autre chose. J'ai lu que vous n'êtes plus d'accord avec lui depuis vos derniers travaux à Montréal et les nouvelles expériences que vous faites ici. Votre modèle actuel est très différent du sien. Le mathématicien que je suis est intrigué. Je n'ai pas la prétention de tout comprendre, mais j'entrevois quand même de grandes difficultés.

- Vous n'êtes pas le seul, répliqua Rutherford en riant. Je remarque qu'on concentre le feu des critiques sur mon modèle, alors que celui de Thomson n'intéresse déjà plus personne. C'est déjà bon signe. Révélez-moi ce qui vous intrigue en tant que mathématicien. Vos idées m'intéressent, mais je vous préviens : les objections des théoriciens ne m'impressionnent pas. Restez simple dans ce que vous me direz. La plupart de vos confrères ont dans la tête des mirages éblouissants qui leur paraissent toujours supérieurs à la réalité. Moi, je suis physicien. Je ne tiens qu'aux preuves expérimentales fournies directement par la nature.

- Je pense quand même, répondit Schott, que vous ne mettrez pas en doute la théorie électromagnétique de Maxwell, qui repose d'ailleurs sur les expériences de Faraday. Rassurez-moi déjà sur ce point.

- Bien sûr que non, interjecta Rutherford. Je vous le confirme : ce sont tous deux de grands génies, même si je préfère Faraday, car il se passait d'écrire des équations à tout propos. Je prétends que la théorie a ses limites.

- C'est à partir de la théorie de Maxwell, poursuivit

14

Schott, qui donne simultanément la clé de l'électricité et du magnétisme et les relie ensemble, que j'ai bien des difficultés à concevoir votre atome planétaire. Déjà, les propriétés de l'électron de Thomson me donnent du souci. J'ai beaucoup de mal à saisir toutes les étrangetés de cette simple particule qu'on dit si petite qu'elle ressemblerait presque à un point. Maintenant, on veut qu'elle soit présente dans tous les atomes. L'électron est partout. Thomson parlait d'un gâteau de charge positive parsemé d'électrons négatifs dispersés comme des raisins. Il appelait cette étonnante pâtisserie son *plum pudding*. C'était déjà un peu bizarre. Vous avancez, vous, dans vos articles, l'idée d'un électron très léger tournant sans arrêt autour d'un noyau massif…

- Ce n'est pas une idée, dit brusquement Rutherford, c'est l'expérience qui le démontre. Si le modèle de Thomson était le bon, mes résultats seraient inexplicables. Je n'ai fait qu'observer des collisions. Pour grossir le trait, j'ai tiré au canon sur ce qui, selon Thomson, n'aurait été qu'une feuille de papier et mes projectiles, les grosses particules alpha que j'ai découvertes, ont rebondi dessus. Voilà pourquoi je sais que son hypothèse est nécessairement fausse. Je suppose donc que les charges positives sont lourdes, comme mes particules alpha et concentrées en un seul point que j'appelle le noyau. Je n'ai rien dit de plus. Voilà mon modèle. Maintenant, faites mieux si vous le pouvez, mais l'expérience est là pour confirmer toutes mes affirmations.

- Ce n'est pas la première fois que j'entends parler de cette hypothèse, poursuivit Schott comme si l'expérience de Rutherford n'avait pas eu lieu. J'ai lu aussi un article signé par un Japonais, Hantaro Nagaoka, qui propose à peu près la même chose. J'ai écrit à Nagaoka en lui faisant part de mes objections, mais ma lettre est restée sans réponse. Peut-être s'est-elle perdue…

- Vraiment ? dit Rutherford, un peu irrité. J'ignorais votre intérêt pour cette question. En fait, dans mon propre article, j'ai bien cité, moi aussi, ce Japonais qui prétend expliquer par une analogie pourquoi les atomes sont stables, même si je doute un peu de son raisonnement. Nagaoka pense que les électrons de l'atome s'organisent autour du noyau comme les anneaux autour de Saturne. Or, ceux-ci sont stables. Donc, selon lui, il en serait de même pour les électrons. C'est un peu court comme démonstration. Ce qui me dérange un peu, c'est la répulsion entre leurs charges qui ne devrait pas permettre de les rassembler en anneaux. D'ailleurs, tout dernièrement, j'ai appris que Nagaoka abandonne son modèle. C'est peut-être pour cela qu'il ne vous a pas répondu.

- Ce n'était qu'une de mes objections, répliqua Schott, mais vous avez raison : s'il a abandonné l'idée, ce n'est pas la peine de la poursuivre.

- Non, effectivement, dit Rutherford, toujours un peu agacé par le ton dubitatif de Schott. De toute façon, les seules objections valables sont celles qui se fondent sur l'expérience. La théorie n'est jamais qu'une théorie, ce qui ne mène guère très loin.

- Je me pose parfois, moi aussi, cette question, avoua Schott, étonné d'une réponse aussi brusque. En tout cas, si votre modèle est différent du sien, il faudra que je l'étudie plus en profondeur.

Et ils se mirent à parler d'autre chose, sans plus retrouver d'autres souvenirs à partager dans leur passé universitaire. Rutherford, comme beaucoup d'hommes de son pays, était un passionné de rugby et un grand sportif, alors que Schott, en dehors des mathématiques, ne s'intéressait qu'aux échecs. Malgré tout, cette première rencontre fut le point de départ d'une longue amitié entre les deux hommes, moins pour ce qui fut exprimé que pour certains non-dits. Rutherford comprit très bien que Schott rejetait son modèle et devina que l'objection pourrait devenir grave, car Schott avait la réputation de très bien maîtriser la théorie de Maxwell. Au fond de lui-même, Rutherford avait aussi quelques doutes sur le rôle des forces électromagnétiques. S'il avait publié très vite son idée de l'atome planétaire, c'est qu'il craignait toujours la concurrence. Il l'avait dit : d'autres physiciens étaient à ses trousses. Parmi ceux-ci, les plus redoutables étaient Becquerel et les Curie. Il ne pouvait donc prendre le temps de fignoler. En son for intérieur, il se rendait bien compte que certaines de ses déductions laissaient à désirer quant à la rigueur de l'argumentation. Il eut peut-être au départ l'impression que Schott serait homme à résoudre les énigmes qui le tracassaient, un peu comme James Clerk Maxwell avait suivi pas à pas les travaux de Faraday en construisant la théorie de l'électromagnétisme.

A l'issue de cet entretien, chacun des deux éprouva une certaine admiration pour la personnalité de l'autre, car ils étaient très différents, autant par leurs aptitudes que par leur comportement. Schott était un homme effacé, distingué mais timide. Rutherford, au contraire, une force de la nature. Sa grosse voix portait loin et son physique était celui d'un homme de la terre, plein de vigueur et de santé. L'un était d'une élégance raffinée et se préoccupait d'esthétique. L'autre se fringuait si mal qu'on l'aurait pris, à première vue, pour un homme du peuple manquant de moyens pour mieux s'habiller.

En y réfléchissant, Schott ne regretta pas d'être venu, par un jour pluvieux, rendre visite à Rutherford dans son laboratoire de Manchester. Il soupçonna déjà que cette initiative heureuse deviendrait un événement déterminant dans sa vie.

Quant à Rutherford, il confia le soir même à son épouse Mary qu'il venait de faire une rencontre tout à fait extraordinaire, celle d'un mathématicien de très grande classe, très différent de lui sous tous les rapports, mais sûrement capable de résoudre les problèmes les plus ardus. En plus, ajouta-t-il, ils avaient un point commun : la même *alma mater* à Cambridge : Trinity College.

- Il faudra l'inviter, dit-il à son épouse. Il s'agit d'un grand esprit. Tout le monde le dit.

- En plus, ajouta-t-il, c'est un modèle de distinction britannique. Je l'admire beaucoup, malgré sa prédilection pour les raisonnements purement mathématiques. Après tout, c'est son métier et chacun fait le sien.

Chapitre 3

Eileen Rutherford avait seulement dix ans quand son père formula l'hypothèse de l'atome planétaire. Malgré son jeune âge, elle comprit qu'il se passait quelque chose d'important venant d'un monde extérieur au sien. Cette grande affaire envahissait subitement toute son existence. Au début, elle pensa qu'il s'agissait d'un changement temporaire, comme un orage ou une tempête de neige, qui perturbe un moment le quotidien mais disparaît au bout de quelques jours. Bientôt, elle se rendit compte que cette histoire était plus sérieuse qu'elle ne l'avait pensé d'abord, qu'elle dominait toutes les conversations et risquait de le faire encore pendant longtemps.

Toute petite, Eileen avait déjà l'impression de connaître les atomes, car son père en parlait comme d'êtres vivants. A force de les côtoyer, elle se permettait avec eux une certaine intimité. Elle savait depuis toujours que l'uranium et le thorium, en particulier, sont parmi les atomes importants. C'est qu'ils revenaient plus souvent que les autres dans la conversation. Elle découvrit par la suite que l'hélium et l'oxygène appartiennent eux aussi à la branche noble de cette famille, devenue un peu la sienne par la fréquentation. Elle accepta, puisque son père en discourait, de partager son existence avec eux. Elle éprouva au départ quelque réticence pour l'atome qui eut l'audace de devenir planétaire. Elle le soupçonna d'élargir exagérément son troupeau de cousins virtuels. Mais Eileen s'en accommoda quand même, car elle suivait avec passion tout ce que son père lui racontait.

19

Son père avait en tête autre chose que l'éducation en lui parlant de sa recherche. La science, à ses yeux, n'était pas une affaire de filles. S'il en parlait, c'était tout simplement qu'il quittait à regret ses habits de physicien. Rutherford respirait pour la grande quête de vérité dans laquelle il s'était lancé. Dans son entourage, il était rarement question d'autre chose. Le maître était en permanence entouré d'étudiants avec lesquels il entretenait un dialogue ininterrompu peuplé d'atomes, de molécules, voire de certaines particules plus petites encore dont on commençait tout juste à deviner les propriétés. Il ne parvenait plus à imaginer autre chose que cette exploration de l'invisible. Plutôt que d'entrer dans l'univers très simple d'un enfant, ce qui lui aurait coûté un très gros effort, il partageait avec sa fille des idées qu'elle comprenait à moitié. Pour lui, c'était infiniment plus facile. Il prolongeait sa réflexion en lui parlant. Eileen, de son côté, absorbait des expressions, parfois même des phrases entières dont elle n'avait pas besoin de percevoir tout le sens pour les placer correctement dans la conversation.

Elle avait acquis un vocabulaire et une manière de s'exprimer étonnants pour une fille de son âge. Les deux, truffés d'idées venues de son père, anticipaient sur l'époque. Elle maniait avec dextérité des mots encore inconnus ailleurs que chez les Rutherford. Quand elle ajouta le nouveau cousin planétaire à sa galerie d'atomes familiers, elle devint sans le savoir l'une des premières personnes au monde à en parler avec autorité, ce qui amusa beaucoup sa mère. Il est difficile (elle en avait vaguement conscience) d'être fille d'un grand physicien. Le grand avantage pour elle fut que l'atome ne recelait aucun mystère : elle en prenait des nouvelles tous les jours.

D'une manière ou d'une autre, les filles ont besoin, on le sait, d'attirer sur elles l'attention et l'admiration d'un père. Dans son cas, c'était compliqué. Rutherford, en dépit de ses immenses qualités morales, pensait toujours à autre chose en lui parlant. C'était donc invariablement à elle de faire plusieurs pas vers lui pour se faire remarquer. Elle avait appris à compléter certaines de ses phrases avec beaucoup d'à-propos en se servant des mots qu'elle tenait de lui. Son père, parfois, en était surpris. Il avait presque l'impression que sa fille comprenait les idées complexes qu'il essayait de lui expliquer. En fait, c'était un mélange de mémoire, d'amour et d'intuition dont seul un esprit féminin est capable. Rutherford ne dialoguait pas franchement avec sa fille. Il se parlait aussi à lui-même, mais il avait le sentiment de progresser en lui parlant, car il simplifiait sa propre pensée pour mieux la présenter. Il était convaincu de l'adage des bons professeurs : c'est à force d'expliquer de mieux en mieux les choses qu'on arrive à bien les comprendre soi-même. Mais son attitude envers l'intelligence féminine restait très ambiguë.

A ses étudiants, Rutherford disait souvent :

- Une bonne idée, il faut pouvoir l'expliquer à une serveuse de bar. Si elle ne parvient pas à la saisir, ce n'est pas de sa faute. De deux choses, l'une : ou bien c'était mal expliqué, ou bien l'idée n'est pas bonne.

Cette serveuse, il l'avait sûrement inventée. Sa fille jouait inconsciemment ce rôle, mais la boutade passait mieux auprès des étudiants en évoquant sa fameuse 'barmaid' qu'en parlant d'Eileen. La 'serveuse' remplaçait aussi tout le genre féminin. Rutherford cachait une misogynie sournoise au fond de lui-même. Il ne l'exprimait pas mais la ressentait. Le sujet était déjà épineux à son époque.

21

- Si je parviens à formuler ma pensée si clairement que même un esprit féminin peut comprendre, se disait-il, alors, j'aurai accompli quelque chose. Mais il n'osait pas exprimer ce point de vue en public. C'est pourquoi il avait inventé cette 'barmaid', connue de tous les étudiants de Rutherford – une 'barmaid' qui n'avait forcément aucun point commun avec un barman.

Malgré l'attention aimante qu'elle lui apportait, son père laissait Eileen en manque affectif. Elle se hissait sur une montagne pour l'atteindre mais lui, de son côté, plânait dans les hauteurs sans s'en apercevoir. Rutherford devinait les secrets de la matière, mais pas ceux des personnes. C'était là son talon d'Achille.

D'abord, il vivait en harmonie complète avec une épouse adorée qui apportait dans son existence la part de féminité nécessaire à son propre équilibre. Il n'aspirait à rien de plus. Sa vie s'était construite comme une horloge parfaitement réglée. Ensuite, le monde dans lequel il évoluait à Manchester, issu de la recherche de pointe dans l'Angleterre victorienne à la fin du dix-neuvième siècle, restait exclusivement masculin. Or, comme chacun sait, il faut toujours un apport féminin pour perturber les mécaniques trop bien réglées.

A la périphérie de son cercle professionnel étroit évoluait une seule figure féminine dont le rayonnement parvenait jusqu'à Eileen : celle de Marie Curie. Cette femme inconnue, vivant en pays étranger, lui paraissait bien mystérieuse. Eileen se posait beaucoup de questions à son sujet.

Comme pour l'atome planétaire, elle avait bien dû s'accoutumer à son existence. Son père en parlait souvent. Il lui donnait ainsi l'impression qu'une femme pouvait occuper son esprit sans même vivre à ses côtés. Pour Eileen, c'était une énigme. Elle ne se doutait pas que Marie Curie incarnait pour Rutherford toute une équipe de recherche parisienne avec, à sa tête, son époux Pierre Curie et le vieux Professeur Becquerel, l'homme de la radioactivité. Comme Marie Curie tenait la plume et lui écrivait volontiers, Rutherford ne parlait que d'elle. Eileen n'imaginait pas non plus à quel point ces grandes figures de la recherche, pour son père, étaient incontournables. L'importance des atomes était évidente dans l'esprit d'Eileen. Celle de Marie Curie l'était beaucoup moins.

Seulement, il s'agissait d'une personne bien réelle. Il lui était impossible de la façonner à sa volonté. Eileen avait bien essayé, comme pour l'uranium, de la transformer en cousine éloignée pour l'intégrer à son monde, mais cette cousine agissait trop souvent sans consulter son père. Elle avait aussi des opinions qu'il contestait. Elle dut admettre que sa tentative échouait.

Madame Curie était une exception bizarre. D'abord, Eileen ne connaissait dans son propre milieu aucune femme qui lui ressemblât. Elle avait du mal à l'imaginer. Son père lui avait raconté qu'elle venait de Pologne, un pays proche de la Russie. Seulement, ces deux pays étaient encore plus lointains que la France. Ils ne partageaient ni une frontière, ni une coutume, ni la moindre de tradition avec l'Angleterre. La tentative d'explication donnée par son père la laissait perplexe. Eileen ne savait rien de ces contrées qu'elle situait à peine sur un globe terrestre. Elle avait seulement compris que cette dame était physicienne comme son père, chose déjà surprenante et presque inconvenante. Comment osait-elle pénétrer dans un monde interdit dont son père lui entrouvrait seulement la porte ? Eileen était fascinée par sa biographie.

- Peut-être, pensa-t-elle un jour, cette Madame Curie a-t-elle fui la Pologne car son propre pays était scandalisé d'héberger une physicienne. Mon père n'ose pas me le dire, car c'est effectivement choquant. Comme la science est interdite aux femmes, elle est partie vivre dans un autre pays à la fois étrange et étranger : la France. Là-bas, personne ne la connaît, puisqu'elle est polonaise. Elle peut y faire tout ce qu'elle veut, même être physicienne.

Ce choix de pays, Eileen le comprenait très bien. On parle beaucoup de la France en Angleterre. C'est un grand sujet de préoccupation. Elle avait déjà appris que cette nation surprenante transgresse toutes les règles établies. Marie Curie était forcément une révolutionnaire. Elle appartenait à une espèce dangereuse : celle des femmes libres de faire ce qu'elles veulent. Eileen était tentée par tant de liberté mais n'osait pas suivre l'idée jusqu'au bout. Ce n'était pas, elle le savait, la conception de la féminité dans la philosophie des Rutherford.

Et cependant, malgré cette réprobation latente, les lettres que Rutherford recevait de Madame Curie retenaient l'attention de son père, ce qui rendait le cheminement de sa pensée encore moins intelligible à sa propre fille. Pourquoi cette dame avait-elle le droit de l'intéresser si vivement ? Eileen trouvait cela profondément injuste. Après tout, elle en avait fait beaucoup plus au quotidien pour l'accompagner dans les hauteurs de sa pensée. Son père trouvait cela tout à fait normal. Il n'y prêtait que peu d'attention. Au lieu d'accorder tant de considération à une femme lointaine, il aurait pu ouvrir un peu les yeux et voir que sa propre fille était capable de le comprendre, voire d'entrer dans son univers. Sans se l'avouer, Eileen était tout simplement jalouse de cette Polonaise encombrante.

Eileen était passionnée par le monde de la recherche dont elle entendait toujours parler. Elle avait beau entrer dans ses arcanes mystérieux, son exploration se heurtait toujours à une muraille que son père ne l'aidait pas à franchir. Rutherford n'avait absolument rien d'un sentimental, même s'il disait tout de lui-même et de sa vie à ses proches. Il parlait bien volontiers de son activité de chercheur et d'enseignant mais partageait uniquement ses grands enthousiasmes de découverte avec le petit nombre d'étudiants préférés dont il chantait constamment les louanges. En famille, quand il évoquait sa vie de scientifique, c'était comme un voyageur parle en société du beau pays que ses auditeurs ne verront jamais. Il gardait toujours enfoui le préjugé de son époque : les femmes ne peuvent pénétrer réellement le sens profond de la science. On peut leur en décrire les beautés, mais elles n'ont pas la capacité de la comprendre comme les hommes.

Aussi, malgré tout l'amour qu'il lui portait, Eileen avait-elle l'impression de vivre auprès d'un père absent. De Madame Curie, la mystérieuse parisienne, il recevait parfois une lettre si intéressante qu'il en parlait toute une journée comme d'un événement important. De son épouse, il recevait constamment amour et admiration. Dans son entourage, les étudiants le respectaient comme un dieu. Il n'y avait pas beaucoup de place pour Eileen dans cette vie si ordonnée. Elle avait beau chercher à se glisser dans l'univers de son père, apprendre son langage complexe, elle restait toujours en deçà de la même porte hermétiquement close. Pourquoi son père ne parvenait-il pas à s'en rendre compte ?

Elle en arriva à se reprocher de ne posséder aucune des qualités essentielles qu'il lui aurait fallu pour être la digne fille du grand homme que tout le monde admirait.

Trop de choses lui échappaient sans doute. Manquait-elle vraiment d'intelligence ? Son père condamnait-il sans le lui avouer la faiblesse de son entendement ? Elle avait compris, n'étant qu'une fille, qu'elle n'était pas à la hauteur de la situation. Elle ne pouvait remplacer le fils qui manquait à Rutherford. Eileen en ressentait une profonde humiliation mais cachait cette inquiétude même à sa mère, car elle avait sa fierté. C'était, somme toute, une faiblesse coupable. Comment compenser ce défaut dû au mauvais sort ? Elle luttait pour surmonter cette malédiction. Par moments, elle y arrivait. Elle trouvait les mots justes que son père attendait d'elle. Elle surprenait même un regard admiratif. Mais, l'instant d'après, il était ailleurs et elle doutait de nouveau. Au fond de son âme, une vilaine bête noire dévorait ces brefs instants de bonheur.

Un jour, elle surprit une conversation entre ses parents qui parlaient des maladies de l'esprit. Un docteur autrichien avait imaginé de les soigner. C'était, disait son père, peut-être l'aube d'une nouvelle science, mais qui ne pourrait prétendre à ce nom qu'en faisant d'immenses progrès vers la confirmation expérimentale. Elle se sentit concernée par ce genre de maladie. Elle aurait aimé en apprendre davantage, rencontrer, voire connaître ce docteur autrichien, mais elle n'envisagea pas la possibilité de devenir elle-même le sujet d'étude d'une nouvelle science. Le simple aveu qu'elle se sentait souvent malheureuse dans son milieu aurait été impossible à formuler. Dans le foyer des Rutherford, on n'admirait que le succès. Le culte de la réussite intellectuelle n'autorisait aucune déviation à ses adeptes.

Eileen avait bien essayé de se construire une image fidèle des avancées faites par son père. Malgré son âge, elle parvenait à reconstituer sa recherche et comprenait par elle-même beaucoup de choses. Elle savait, pour commencer, que l'électron est une toute petite bille très légère, chargée négativement. On en parlait souvent chez elle, car le directeur de thèse de son père, l'illustre professeur Thomson, celui qu'on appelait simplement « JJ » dans sa famille, l'avait découverte et en avait décrit toutes les propriétés. Elle savait aussi que le même JJ avait proposé un modèle pour l'atome – son préféré – celui d'un gâteau aux raisins secs qu'elle aimait bien, dont les électrons auraient été les fruits, mélangés dans une pâte de charge positive. Tout cela était assez clair, et elle comprenait parfaitement les explications que donnait son père. Sans s'en rendre compte, elle était devenue presque savante.

Le modèle de l'atome-pâtisserie, elle l'avait d'abord accueilli comme une évidence. Puis, elle avait suivi le raisonnement de Rutherford qui, peu à peu, avait détruit cette image pour la remplacer par son fameux atome planétaire, une métaphore astronomique selon laquelle les minuscules électrons tournent autour d'un noyau beaucoup plus lourd, comme autant de planètes autour d'un soleil. Elle aimait moins le planétaire; mais l'admettait.

Ces transformations merveilleuses, elle les avait absorbées, mais ce savoir, elle le sentait bien, ne suffisait pas encore pour lui mériter une vraie place dans l'esprit de son père. Il n'admirait que les fauteurs d'idées troublantes et audacieuses, capables soit de compléter sa vision de la nature, soit de tout bouleverser de nouveau. Pour impressionner Rutherford, il fallait avoir ouvert de nouveaux horizons. Voilà ce qui lui manquait.

Elle en était là quand son père introduisit chez eux pour la première fois un homme très différent de ses jeunes étudiants, un homme du même âge que lui ou presque, qu'il admirait beaucoup : un certain George Schott. Dès la première rencontre, elle tomba sous le charme de cette personnalité nouvelle, si différente des êtres qu'elle avait connus jusqu'alors.

Tout d'abord, elle fut très étonnée et même un peu choquée de constater que ce Monsieur Schott, dont elle n'avait jamais entendu parler auparavant, traitait d'égal à égal avec son père. Il lui parlait en toute indépendance, sans cette nuance de déférence qu'ont forcément les étudiants envers leur maître et qui s'était imposée autour de Rutherford à Manchester. C'était plus que seulement une question d'âge. Schott, apparemment, vivait dans un autre monde intellectuel que le leur, d'une importance néanmoins comparable. Dans cet univers, les étoiles n'é-taient pas les mêmes et brillaient d'une autre manière. Il suivait des chemins qui n'étaient pas les leurs mais, de toute évidence, Rutherford acceptait parfaitement de dialoguer avec lui. En le présentant, il avait même dit :

- Monsieur Schott est un mathématicien.

Là aussi, Eileen eut du mal à suivre. Normalement, son père se moquait de la théorie et ne jurait que par l'ex-périence. Mais Schott était là, devant eux, et Eileen sentit aussitôt que son père avait du respect pour sa parole, qu'il la plaçait même très haut, ce qui lui parut presque contra-dictoire. En plus, Schott allait, par des propos audacieux, à l'encontre des thèses de Rutherford qui acceptait par-faitement la contradiction. Pour Eileen, ce fut une sorte de révélation. On pouvait donc ne pas être d'accord avec son père. Jamais elle n'aurait imaginé cela.

Puis, elle remarqua toutes sortes de petits détails de comportement qui rendaient la personnalité de Schott profondément différente de celle de son père, l'air un peu mystérieux de l'homme qui en sait beaucoup plus qu'il n'en dit, son aversion pour les raisonnements trop simples qu'il appelait des 'images', sa détestation des idées qu'il disait incomplètes, son indifférence pour le sport et son amour excessif pour la subtilité dans toutes les situations.

Enfin, elle fut sensible à son élégance vestimentaire très recherchée, si différente de la tenue toujours un peu négligée de son père dont elle souffrait en société. Il y avait quelque chose de naturellement aristocratique dans le comportement de George Schott qui suscita chez elle étonnement et admiration. Elle n'avait jamais vu un homme capable d'une telle audace de style. Dans son milieu, seules les femmes avaient le droit de soigner leur apparence. L'honnêteté, la vérité, la vertu n'autorisaient rien d'autre. Schott mêlait l'élégance à la complexité.

- Je suis un être simple, disait toujours Rutherford pour couper court aux raisonnements qui lui semblaient trop abstraits : dites-moi les choses autrement.

Mais l'abstraction ne gênait nullement Schott, bien au contraire : il semblait prendre plaisir à la développer et même, parfois, en aurait rajouté pour parvenir à un raisonnement esthétiquement parfait.

Dès cette première rencontre, elle se sentit fortement attirée par cet esprit inattendu. Elle en parla même à sa mère qui, à son grand étonnement, comprit parfaitement ce qu'elle cherchait à exprimer et lui expliqua au passage pourquoi Rutherford accordait tant d'importance à ce Monsieur si différent.

- C'est un ancien de Trinity College, dit-elle simplement, le plus brillant de sa promotion quelques années avant ton père. Certains le tiennent pour le meilleur mathématicien du pays.

Donc, malgré ce que disait toujours son père, il pouvait y avoir de bons théoriciens. Eileen fut étonnée et impressionnée.

Même, quand il revint chez eux, sa mère poussa Eileen en avant et, pour sa plus grande confusion, annonça en riant à George Schott qu'il avait fait une touche et comptait désormais une jeune admiratrice dans la maisonnée des Rutherford.

Eileen se sentit envahie par la honte, devint toute rouge mais ne fut pas fâchée d'avoir attiré l'attention sur elle de cette manière. Sa mère exprimait, un peu trop fortement sans doute, un sentiment qui était bien le sien et qu'elle aurait craint de manifester toute seule. Quant à Schott, il sembla aussi embarrassé qu'elle, par sympathie, et lui adressa la parole avec beaucoup de respect, comme à une dame. Ce fut pour elle un moment d'agréable confusion.

Monsieur George Schott revint plusieurs fois en visite chez les Rutherford, car ses entretiens avec le grand physicien s'approfondissaient. Du moins, telle était la raison déclarée. Mais il ne manquait jamais de passer quelques moments avec Eileen et en profitait pour lui parler avec beaucoup de douceur.

Il s'établit entre eux une sorte de complicité. Elle entrait si bien dans la psychologie de l'étranger que son père avait introduit dans son nid familial qu'elle en vint à lui trouver de séduisantes faiblesses. Elle en reconnut une en particulier qu'elle éprouvait aussi. Loin de posséder la virile assurance de son père, Schott était très souvent en proie au doute. Comme elle, il lui avoua souffrir de moments de dépression. Il se réfugiait alors dans la complexité des mathématiques pour y échapper.

Il lui expliqua que, loin d'être une force comme elle l'avait imaginé, il s'agissait d'une carapace pour se protéger du monde. Elle apprit même (ce fut une confidence qu'il lui confia sous le sceau du secret) qu'il était d'origine et de culture germaniques. Elle fut attendrie d'apprendre qu'il se sentait secrètement étranger dans son pays natal. Sa pensée, au moins pour une bonne moitié, venait d'ailleurs, de cette Allemagne que ses parents avaient abandonnée pour des raisons mystérieuses qu'il ne connaissait pas bien lui-même. Pourtant, il lui en dressait un tableau idéalisé. Il lui raconta que toute sa famille en pratiquait la langue dans l'intimité et que son cousin germain, né à Francfort, devenu un deuxième frère pour lui, venait souvent séjourner avec eux en Angleterre.

Quand elle parvint à mieux comprendre ce nouvel ami qu'elle s'était découvert, Eileen choisit courageusement de le nommer, non pas George comme tout le monde, mais Adolphus, le nom qu'il portait uniquement pour ses intimes et qu'elle prononça avec beaucoup de tendresse, ce dont il lui sut un gré infini. Elle avait deviné que cette appellation, plus proche de ses véritables origines, lui serait bien plus chère. Ce fut le seul signe extérieur d'une complicité que les autres, autour d'eux, devinèrent sans bien la comprendre.

Chaunes

Chapitre 4

Le contraste entre Ernest Rutherford et George Schott, tant au physique qu'au moral, ne pouvait être plus frappant. Rutherford, élevé au grand air en fils de paysan, respirait la santé. Dans son comportement, tout était transparent. Les secrets n'avaient pas de place dans son entourage. Sa voix forte annonçait un tonus de grand sportif, une vigueur de combattant mise au service de la vérité. Sa présence s'imposait naturellement comme celle d'un chef d'équipe.

Chez les Schott, c'était bien autre chose. On sentait dès le premier abord que ces bourgeois, même s'il étaient nantis, se cherchaient. Il y avait quelque chose de secret et d'ambivalent dans leur manière d'être. Ils vivaient dans la complication pour toutes sortes de raisons pas forcément claires au départ. George Adolphus Schott héritait d'un long passé de vacillations familiales. Dans son milieu, on hésitait entre les pays, on navigait entre les cultures, on souffrait de maux invisibles et la santé des uns et des autres laissait toujours à désirer.

Particularité de plus, il y avait beaucoup de 'George' dans la maisonnée des Schott. Les prénoms qu'on se donnait, mélange de traditions anglaises et germaniques, se répétaient beaucoup et dénotaient un certain manque d'imagination. Appeler : - George ! en entrant chez eux aurait fait surgir plusieurs personnes. Leur deuxième prénom était indispensable dans la vie courante. Chez les Schott, par une tradition à priori difficile à expliquer, 'George' s'était imposé comme premier nom pour les enfants mâles, agrémenté d'un deuxième nom tel que 'Gustavus', 'Adolphus', 'Augustus', de consonance un peu latine, comme il était d'usage à l'époque dans les familles de langue allemande. Chose plus révélatrice, qui en disait long sur un certain snobisme familial, tous leurs prénoms, de près ou de loin, évoquaient des personnages monarchiques, tel Gustave-Adolphe, roi de Suède. Les Schott, comme beaucoup d'autres bourgeois victoriens, avaient des aspirations sociales inassouvies.

Les parents de George Adolphus Schott étaient des immigrés allemands. Sans doute Monsieur Justus Schott, son père, avait-il appris qu'une révolution extraordinaire se préparait en Angleterre, ce qui l'incita à s'y installer avec sa jeune épouse. Le calcul était bon pour un ingénieur audacieux comme lui, qui se lança aussitôt dans la conception de nouvelles machines. Madame Amalia Schott, de son côté, était pleine d'ambition pour les siens. Elle accompagnait son mari avec la ferme intention de le seconder de près dans sa réussite. Elle avait une haute idée de leur valeur à tous les deux. A la naissance de ses enfants, elle leur chercha les plus nobles prénoms possibles, et ce fut le principal sujet de querelle avec son mari, plus discret, qui craignait par un mauvais choix de leur attirer quelques moqueries.

Les Schott apportaient, dans leurs bagages culturels, les préjugés du monde qu'ils avaient quitté. Même s'ils appartenaient à une classe nouvelle d'innovateurs et de commerçants promise à enrichir le pays par leur habileté, ils restaient étrangers aux coutumes anglaises et le choix de prénoms pour leurs enfants posa problème.

Madame Schott était fascinée par les victoires, du roi Gustave Adolphe le Grand, dit 'le Lion du Nord', personnage légendaire en Allemagne. Elle avait décidé que ses deux premiers fils seraient nommés soit Adolphus, soit Gustavus, en l'honneur de son héros. Elle pensait que des noms aussi prestigieux leur porteraient chance. Son mari ne partageait pas du tout ce sentiment : il se rendait compte que les aspirations de son épouse n'avaient aucun sens en Angleterre. Il craignait, au contraire, que ces prénoms étrangers attisent la xénophobie autour d'eux. Ce fut donc une source de querelle entre les époux. Madame Schott avait un argument fort. Elle apportait au ménage assez de capital pour financer la petite entreprise qu'ils fondèrent dès leur arrivée. Pour cette raison, Monsieur Schott fut bien obligé d'obtempérer et d'accéder aux volontés de son épouse. Mais il sut parlementer et lui faire accepter que le prénom trop germanique à ses yeux serait précédé par un autre, plus anglais.

Encore fallait-il le trouver. Monsieur Schott n'était pas moins vaniteux à sa manière que sa femme, mais il tenta de se montrer plus subtil. C'est par un raisonnement plus complexe qu'il trouva 'George'. C'est un prénom plutôt populaire pour les Anglais – ce qu'il ignorait sans doute – mais il le choisissait pour une toute autre raison.

Pour Monsieur Schott, il s'agissait d'une référence simultanée à l'histoire du Royaume d'Angleterre et à celle de l'électorat de Hanovre dont il était originaire. Diplom-Ingenieur Justus Schott garda toute sa vie un fort accent allemand en anglais. Il en était parfaitement conscient, car il entendait les plaisanteries de ses propres employés à ce propos. Ses racines germaniques le gênaient mais lui fournirent une solution élégante qui lui parut aussitôt un trait de génie.

En tant que nouveau venu, il voulait établir un lien avec son pays d'adoption. Il se souvint que George de Hanovre, choisi comme roi par les Anglais à la fin du

règne des Stuart était, lui aussi, arrivé d'Allemagne.
Il avait fait le voyage par bateau, puis en carrosse jusqu'à
Londres, assis entre deux femmes, l'une petite et ronde,
l'autre très grande et maigre, pour les délices des carica-
turistes. Il venait régner sur un pays dont il ne parlait pas
la langue, fier d'être choisi par le Parlement de Westmin-
ster comme le premier des princes protestants dans la
descendance indirecte de la famille royale britannique.

- Quel exemple magnifique ! se dit Monsieur Schott.
Un Allemand voulant s'intégrer à la société anglaise ne
peut faire un meilleur choix. Je rappelle ainsi aux Anglais
l'origine de leur dynastie et je me montre, du même coup,
patriote. Sur le plan social, c'est parfait. Mes enfants,
grâce à ce prénom, s'introduiront partout sans problème.

Le compromis était trouvé. Le premier fils de la
famille Schott fut donc baptisé George Adolphus. Le
raisonnement était même si bon que Monsieur Schott
n'en trouva pas de meilleur. Il faut dire qu'il avait beaucoup d'imagination pour les machines, mais en manquait
pour les noms. A la naissance du deuxième, le choix se
porta simplement sur George Gustavus.

Cet assemblage un peu maladroit d'un prénom
populaire anglais avec celui d'un roi guerrier suédois peu
connu autour d'eux était difficile à incarner. Il posa problème dès leur jeune âge aux deux garçons. Ils en étaient
eux-mêmes embarrassés. Plus lucides que leurs parents,
ils se sentaient en décalage avec les coutumes de leur
pays. En tant qu'enfants d'immigrés, ils se rendaient bien
compte de l'impossibilité de changer de caste dans une
société très hiérarchisée. George Adolphus ressentait particulièrement le poids de cette trouble vanité familiale.
Chez lui, elle se transforma peu à peu en empêchement.

Il était si profondément convaincu que ses origines étrangères lui interdisaient de s'élever dans la société anglaise qu'il cherchait plutôt à s'effacer qu'à s'imposer. Par bonheur pour lui, cette forme d'humilité est très appréciée dans un pays où la première des vulgarités fut toujours de se pousser en avant.

Son père était déjà ingénieur. Lui et son frère, étaient tous les deux doués pour les mathématiques. La classe la plus élevée, à laquelle Monsieur et Madame Schott auraient rêvé d'appartenir, était tout bonnement inaccessible. C'était l'aristocratie qui plonge ses racines dans un lointain passé. Campée sur sa longue histoire, elle n'a que faire de la modernité, alors que les Schott, au contraire, devaient leur succès familial au progrès technique. S'ils avaient suivi les préjugés de leurs parents, les deux frères se seraient retrouvés sur une mauvaise voie. Heureusement, ils en prirent tôt conscience et ne tombèrent pas dans ce piège.

Les deux grand mérites de Justus Schott étaient son audace et son courage. Grâce à lui, l'entreprise familiale prospérait de jour en jour. Il s'était installé avec les siens à Bradford, attiré par l'activité industrielle intense à cet endroit, car il avait compris d'emblée l'importance de la petite ville en pleine expansion commerciale. Les Schott avaient choisi de participer de toutes leurs forces à la transformation du pays en grande puissance économique. Ils comptaient bien, c'est évident, en profiter aussi.

- Nous apportons le bonheur aux habitants de la province du Yorkshire, répétait souvent Monsieur Schott à ses enfants. Grâce à nous, le peuple de Bradford a du travail. Nous en retirons également quelques avantages et c'est justice parce que nous le méritons.

Ni Madame Schott, ni ses enfants n'auraient songé à contester cette philosophie. Pourtant, l'activité de leur usine, si elle était source de richesse pour le pays, avait aussi de gros inconvénients, non seulement pour eux, mais aussi pour la petite ville dans laquelle ils s'étaient installés.

L'usine de la *Schott and Sons Weaving Company* n'était, bien sûr, pas la seule à Bradford. Des entreprises fleurissaient partout, au prix de conséquences fâcheuses en termes de pollution pour la population. On se souvient de Bradford aujourd'hui comme de la ville des sœurs Brontë. L'immense réputation littéraire de cette famille extraordinaire fait tout de suite imaginer un cadre romantique digne de *Wuthering Heights* et de leurs incroyables romans. La réalité était toute autre et bien plus tragique. Bradford, en réalité, fut une prison industrielle et, peut-être aussi, l'explication indirecte de leur mal-être.

On évoque leur souvenir parmi tous les artistes malheureux victimes de la grande épidémie de tuberculose qui touchait beaucoup de monde à la même époque, comme Chopin, Keats et tant de célébrités souffrantes. Mais là n'était pas le problème des habitants de Bradford. Ils ne souffraient pas de la phtysie contagieuse, mais d'une autre maladie. La petite ville était devenue, par son industrie, la capitale mondiale de la pollution. C'est dans une atmosphère empoisonnée que la famille Schott était venue s'installer.

Certes, Justus Schott, avec sa nouvelle usine, y contribuait aussi sans s'en rendre compte. Au départ, personne n'avait imaginé les conséquences. Les signes étaient évidents, mais il fallait les comprendre. Quand Madame Schott enfilait ses gants de dentelle blanche pour aller à l'église le dimanche matin, elle savait qu'ils seraient tout gris à son retour. Elle s'habitua même, jous après jour, à les trouver de plus en plus noirs au bout de quelques heures. C'était, pensait-elle, une conséquence naturelle du climat du Yorkshire et elle ne s'attardait pas davantage sur la cause.

Bradford et ses environs paraissent charmants aujourd'hui mais la région était si fortement industrialisée au dix-neuvième siècle que l'environnement était devenu toxique.

Justus Schott, en tant qu'ingénieur, fut l'un des premiers à concevoir quelques doutes. Il constatait une forte mortalité des employés de son usine, due à des conditions de vie habituelles de ce temps-là, mais déplorables. Il voulut intéresser d'autres propriétaires à rechercher les causes. Malheureusement, elles étaient multiples. En plus de la pollution directe, les eaux souterraines, vu le grand nombre de morts, étaient contaminées par le typhus. Les autres ingénieurs et propriétaires d'usines à Bradford ne voulaient surtout pas incriminer les fumées de charbon. L'excuse du typhus (et même, parfois, du choléra) leur servit de prétexte pour en nier l'importance. On évoqua aussi les conséquences de l'abus d'alcool et de l'intoxication au laudanum (un mélange d'alcool et d'opium en vente libre à l'époque.)

Les ouvriers de l'usine Schott, Justus Schott et toute sa famille respiraient le même air : un brouillard épais et jaune. Mais c'était pire à l'intérieur des chaufferies d'usine. L'apparente phtysie des ouvriers venait de la suie sulfureuse accumulée dans leurs poumons depuis des années. Dans les familles bourgeoises, on était un peu à l'abri des effets de la fumée puisqu'on ne travaillait pas directement à enfourner le charbon. Quand les symptômes se manifestaient, en général chez les enfants, même dans une famille bougeoise, on consultait le médecin de Bradford qui parlait alors de phtysie en hochant tristement la tête. Monsieur Schott, patron dynamique et soucieux de son personnel, le fit venir plusieurs fois dans son usine pour examiner les ouvriers. En bon ingénieur, il avait le sentiment que tout peut se réparer, y compris, au besoin, la mécanique humaine. Il ne crut pas aux remèdes proposés par ce médecin qui lui parut peu compétent. Par ses relations, il put joindre un illustre professeur de médecine qui exerçait à Londres dans la fameuse rue de Harley Street et le fit venir à grands frais jusqu'à Bradford.

Avant même d'arriver sur les lieux, le Professeur Joseph Brown, MD se doutait de ce qui l'attendait. On lui avait parlé de Bradford comme de la ville la plus polluée du Royaume. Le phénomène n'était pas inconnu des spécialistes, mais les médecins de l'époque avaient pour principe de rassurer les malades et, surtout, de ne jamais alarmer les populations. Le chemin de fer qui l'amena partait de Londres. Il quitta les abords verdoyants de la capitale et s'enfonça progressivement dans la grisaille et les fumées en remontant vers Manchester. Il n'était pas trop difficile de comprendre l'origine du problème.

A l'approche de Bradford, l'aspect des environs devint encore plus sinistre. Depuis 1880, la teinturerie de de la ville était devenue la plus vaste d'Europe. Elle employait plus de mille ouvriers. Pour une si petite loca-lité, c'était une entreprise gigantesque, installée comme une grosse verrue noire au milieu des maisons. En quelques années, plus de deux cents cheminées d'usine avaient surgi aux alentours, crachant une fumée noire sur toute la région au hasard du vent et contaminant même les champs des alentours, dans ce qui avait été une région agricole par le passé.

En arrivant à la gare de Bradford, Brown huma l'air et reconnut aussitôt une odeur caractéristique. Le charbon du Yorkshire était plein de soufre. Pour un médecin expérimenté, ayant déjà des rudiments de chimie, l'atmosphère devait certainement être imprégnée d'acides. Joseph Brown savait depuis longtemps que Bradford était une ville minière mais fut surpris de voir à quel point on brûlait partout du charbon sur place. Le phénomène était nouveau par son ampleur. Les Schott, comme tous leurs concurrents, avaient installé d'énormes machines à vapeur actionnant des métiers pour peigner et tisser le fil et la laine. Cette activité connaissait une croissance fulgurante. Elle devenait la principale ressource de la ville. Même à midi, à l'heure de son arrivée, Joseph Brown n'aperçut qu'un soleil très pâle, tamisé par un épais brouillard. Il n'eut aucune peine, devant le spectacle étrange d'une telle pénombre en plein jour, à comprendre pourquoi l'ingénieur Schott l'avait invité à visiter son usine.

Il avait bien entendu dire que Bradford était la ville la plus polluée d'Angleterre. Il put le constater par lui-même dès son arrivée.

Quand il franchit le seuil de la *Schott and Sons Weaving Company*, où l'accueillit un contremaître, le Professeur Brown se trouva devant une vision sur-prenante. Les immenses roues noires qui fournissaient l'énergie motrice aux usines Schott tournaient devant lui et leurs pistons lâchaient en sifflant d'immenses panaches de vapeur, qui montaient comme des plumes grises dans un vaste hangar. Il crut d'abord que le vacarme durerait seulement un moment et attendit la fin du bruit assourdissant. Mais les roues ne s'arrêtaient pas et les pistons non plus. De nouvelles plumes surgissaient ailleurs et d'autres roues se mettaient en marche. Comme le mouvement persistait, il voulut amorcer un dialogue en criant très fort :

- Est-ce toujours aussi bruyant ? demanda-t-il au contremaître. Ces roues arrêtent-elles parfois de tourner ?

- Elles ne s'arrêtent jamais, répondit fièrement celui-ci. Les roues de notre usine tournent jour et nuit tous les jours de la semaine, été comme hiver. C'est indispensable pour tenir en échec la concurrence.

- Quoi ? Même le dimanche ? demanda le médecin, interloqué. Vos ouvriers acceptent donc de travailler le jour du Seigneur ?

- Non, bien sûr, répondit le contremaître. Pour les dimanches, nous avons une autre équipe que nous ne connaissons pas trop, d'ailleurs. Ce sont des fous, ceux-là. Nous les nommons les *desperadoes*. Ils se contentent d'alimenter seulement la chaudière et font tourner les grandes roues au ralenti pour qu'elles ne s'arrêtent pas. Ils ne font pas de tissage eux-mêmes.

- Donc, la fumée sort en permanence des cheminées? insista le médecin. N'arrêtez-vous jamais les chaudières?

- Jamais, confirma le contremaître. Arrêter pour repartir, ça coûterait beaucoup trop cher alors que nos desperadoes ne coûtent presque rien à l'entreprise. Ces gens-là sont peu recommandables. Ils ne trouveraient d'emploi nulle part ailleurs. C'est bien pour cela qu'ils acceptent de travailler le dimanche. De cette manière, notre usine est prête à repartir dès le lundi matin et la production reprend tout de suite la semaine suivante.

Le médecin avait l'habitude de la vie tranquille des riches bourgeois de la capitale et ce rythme effréné le consterna. Il remarqua aussi la couche de suie sur tous les objets, la poussière noire sur le visage du contremaître, sa voix enrouée et ses yeux rougis.

- Conduisez-moi chez votre patron, lui dit-il. Je pense qu'il doit m'attendre à présent.

Effectivement, Monsieur Schott attendait dans son bureau, avec une certaine inquiétude, la visite du grand Professeur venu de Londres. Les résultats de l'enquête médicale le préoccupaient beaucoup.

- C'est par vous que je dois commencer, lui annonça le Professeur, car vous travaillez dans votre usine autant que vos ouvriers. Vous êtes donc exposé à des risques tout à fait comparables.

- Vous pensez donc qu'il s'agit des fumées ? demanda Monsieur Schott pendant l'examen.

- Je ne vous le cache pas puisque vous l'aviez déjà compris par vous-même, répondit le spécialiste. A force d'enfourner du charbon toute la journée et de respirer constamment la fumée des usines, vos ouvriers ont proba-blement les poumons très abîmés. Le problème est que cette exposition est permanente. Il faudrait arrêter vos usines de temps en temps.

- Malheureusement, c'est impossible ! dit Justus Schott. Arrêter notre production, ce serait la ruine.

- Si vos enfants vivent également à Bradford, dit le médecin, il faudra que je les examine aussi. Les fumées de votre ville sont toxiques et les conséquences pour les voies respiratoires des enfants sont beaucoup, beaucoup plus graves que pour les adultes. Je vous demanderai donc de m'amener chez vous.

- Ne faites pas trop peur à mon épouse, dit Monsieur Schott. Je vais vous emmener les voir.

En fait, le père le savait déjà, mais se l'était caché : tous les membres de la famille Schott souffraient des bronches. On toussait, on crachait, on se plaignait constamment d'avoir du mal à respirer. Maintenant que le médecin confirmait sa crainte initiale, Monsieur Schott comprit pourquoi il était urgent d'avoir un bon diagnostic, non seulement pour lui-même, mais pour toute la famille.

En les examinant, le Professeur Brown les trouva tous atteints du même mal, mais à des degrés différents. Il n'eut aucune difficulté à distinguer entre les effets d'une phtysie contagieuse et ceux d'une atmosphère imprégnée d'acides. Il comprit aussi le dilemme des propriétaires. Il fallait bien faire tourner les machines. Autrement, de quoi auraient-ils vécu ?

Il n'avait pas grand-chose à proposer en fait de remède, mais voulut donner un bon conseil à la famille au sujet de leurs enfants, pour les préserver autant que possible des conséquences de cette pollution :

- Je sais parfaitement, confia-t-il à Monsieur Schott, que la prospérité de notre nation est due à des centaines d'usines comme la vôtre. Il ne peut être question de les arrêter toutes à cause des fumées. Néanmoins, si j'étais à votre place, j'enverrais quand même vos enfants vivre en Suisse pour quelques années. L'air pur de la montagne leur ferait beaucoup de bien. Ils pourraient par exemple terminer leurs études dans un internat. Beaucoup de jeunes le font aujourd'hui.

Monsieur Schott en parla à son épouse, mais ce remède radical effraya Madame Schott. Se séparer de ses propres enfants pendant des années lui parut une proposition choquante de la part d'un médecin.

- Comment peut-il imaginer une chose pareille ! déclara-t-elle.

Elle estima qu'un bon médecin devait prescrire un médicament plutôt que donner des conseils aussi saugrenus. Quant à Monsieur Schott, il se renseigna sur le prix des établissements en Suisse, déjà fréquentés par la haute société britannique et tomba vite d'accord avec son épouse, car le coût était pharamineux. Les Schott étaient devenus prospères, mais pas à ce point-là.

Il n'y eut donc aucune véritable solution au dilemme des parents. Monsieur Schott ne s'en tint pas à l'opinion du seul Professeur Brown. Il consulta aussi d'autres spécialistes. Renseignements pris, il dut se rendre à l'évidence. Le médecin de Londres avait raison et lui avait dit la vérité. Elle était alarmante. La pollution, à Bradford, dépassait toutes les limites recensées ailleurs. Il lut aussi le résultat d'études démographiques qui commençaient déjà. Comme les épidémies de choléra et de typhus n'étaient pas rares non plus, l'espérance de vie à Bradford était très courte. Il ne révéla pas les chiffres exacts à Madame Schott, car il la savait très sensible, mais il fit de son mieux à partir de la visite du Professeur Brown pour aménager à ses deux fils quelques séjours à la campagne. Il l'avait compris. C'était important pour la santé, voire la survie de ses enfants.

Il les organisa discrètement, pour n'alarmer personne, sans en expliquer la raison. Monsieur Schott faisait désormais bonne figure parmi les propriétaires d'usine de Bradford. Il eût été difficile pour lui de reconnaître publiquement qu'une activité aussi lucrative présentait de graves dangers.

Madame Schott finit par accepter l'idée de ces séjours prolongés à la campagne. Plutôt que d'entendre ses propres enfants tousser toute la journée, elle résolut de les accompagner ailleurs. Ce qu'elle ne savait pas néanmoins, c'est que la campagne des environs n'était pas non plus aussi propre qu'on le pensait. Le médecin qui avait parlé de la Suisse avait de bonnes raisons.

C'est au cœur de cet enfer moderne qu'avaient grandi George Adolphus et George Gustavus Schott. Heureusement pour eux, leur famille devenait prospère par rapport au reste de la population, Ils eurent la possibilité de s'éloigner de Bradford de temps en temps. Les Schott employaient chez eux quelques domestiques, se promenaient en voiture à cheval et vivaient plutôt confortablement. Malgré tout, leur existence côtoyait celle de gens pauvres, et la pollution tombée du ciel empoisonnait également tout le monde.

Justus Schott, désormais alerté au problème, se tenait renseigné au sujet des maladie des bronches et lisait les revues médicales. Dans l'intérêt de leur santé, il envoya ses enfants plus loin encore, passer des vacances en Ecosse, pour leur faire respirer un air plus pur. Il s'occupa également de leur régime alimentaire et veilla à ce qu'ils mangent sainement, ce qui n'était pas très courant à l'époque. Parmi les propriétaires de la région, la famille Schott passa pour être un peu obsédée. C'est que, dans le domaine de la santé, Justus Schott était un homme moderne, très en avance sur son temps.

Dans Bradford, ils incarnaient le progrès. Comme prévu par le patriarche, c'étaient des citoyens respectés qui avaient réussi à s'imposer en apportant de l'emploi aux pauvres de toute une région. Les Schott invitaient souvent chez eux un jeune cousin de Francfort, Charles Jacob Schott, d'une branche moins fortunée de la famille, qui ne vivait pas sur le même pied. Les trois jeunes s'entendaient très bien et les parents étaient heureux de les entendre parler allemand entre eux toute la journée quand le jeune cousin était là.

Malgré tant de précautions et leur enfance protégée, Adolphus et Gustavus n'échappèrent pas tout à fait aux conséquences néfastes de la pollution. Ils devaient garder toute leur vie une fragilité des bronches.

Ils se destinèrent tous les deux aux même études, le domaine qu'on nommait alors, la *philosophie naturelle* (soit : la physique et les mathématiques réunies) pour lequel ils montraient une aptitude remarquable. Quand ils quittèrent enfin Bradford pour étudier à Trinity College Cambridge, ils respirèrent pour la première fois de leur vie de façon continue l'air pur d'une authentique campagne anglaise. L'expérience fut si vivifiante qu'ils se jurèrent de ne jamais plus retourner dans l'enfer industriel du Yorkshire. Leur famille y avait réussi, mais ce n'était pas assez pour les inciter à vivre dans une pollution permanente. Propriétaires d'usines, c'était bien mais propriétaires d'usines lointaines, c'était mieux.

.

Chapitre 5

La grande ambition de George Adolphus Schott était de passer pour un parfait gentleman de souche anglaise en dépit de ses origines étrangères. Ce préjugé le conduisait à considérer la science expérimentale et ses vulgarités, trop proches de la machine et de l'usine, avec un léger sentiment de dédain. En définitive, il accordait surtout de l'importance aux idées fondées sur une conception philosophique élevée de l'univers. Si, dans la société anglaise, la métaphysique n'était pas de bon ton, c'est que celle-ci fut toujours déconsidérée dans les pays protestants. Elle est trop proche de la théologie catholique pour les enfants de la Réforme, plus terre-à-terre et plus repectueux des valeurs solides du travail. Néanmoins, dans les classes supérieures, une forme de pensée s'était développée qui en était proche, autour du mouvement artistique victorien qu'on appelle l'*esthétisme*, dont le plus illustre représentant fut Oscar Wilde.

La théorie de Maxwell, élégante et raffinée, avec son courant de déplacement subtil et presque insaisissable, lui plaisait tout particulièrement. Il en appréciait la symétrie magnifique et les prolongements infinis qu'elle permet à travers l'espace, les définitions abstraites et les formules d'une perfection hermétique. Ce qui l'enchantait le plus, c'était sa rigueur. Il en arrivait à éprouver de l'affection pour les lettres majuscules représentant les champs électriques et magnétiques qu'il retrouvait toujours avec une émotion faite de respect et d'admiration.

A travers les beautés de cette théorie, qui fut le couronnement de la physique du dix-neuvième siècle, il parvint, dès leur parution, aux articles extraordinaires d'Albert Einstein dont le contenu philosophique profond lui échappait parfois, mais dont les formules abstraites étaient pour lui d'une clarté évidente. Petit à petit, il s'en pénétra et les plaça bientôt à côté de l'œuvre de Maxwell comme ce qu'il pouvait imaginer de plus sublime dans la pensée humaine. La déformation de l'espace, surtout, et le rôle fondamental de la lumière dans cette nouvelle théorie le ravissaient. Il disait souvent que la théorie de Newton et celle de Maxwell, comme de preux chevaliers de la nouvelle philosophie naturelle, s'étaient affrontées et que, contre toute attente, Maxwell avait gagné. Il avait donc fallu corriger la théorie de Newton, et Albert Einstein avait accompli ce prodige. C'était, pour Schott, gravir l'un des plus hauts sommets de la pensée humaine. Ce qui lui plaisait aussi, c'est que les articles dans lesquels il se plongeait étaient souvent écrits en allemand, sa langue maternelle. Il pouvait donc, mieux que tous ses collègues purement britanniques, en apprécier la grandeur et en saisir les subtilités.

George Schott s'était imposé à Cambridge parmi les meilleurs théoriciens. Il devint, de son temps, un maître incontesté de la théorie électromagnétique. Il la pratiquait comme personne et s'en était si fortement imprégné qu'elle lui paraissait essentielle à la cohérence du monde. L'idée que la nature pourrait peut-être s'en passer ou la mettre à l'arrêt, même momentanément, que des particules chargées oublieraient un instant, au cours d'une accélération, d'émettre l'onde indispensable à leur parcours était si profondément choquante qu'elle ne lui venait même pas à l'esprit.

Pendant le long voyage de retour vers Aberystwyth après sa première confrontation avec le modèle atomique proposé par Rutherford, il ne vit même pas les arbres défiler. Il n'entendit pas le bruit de la locomotive, ne sentit pas l'odeur de la fumée, ne comprit pas les paroles des autres passagers. Ce ne fut pour lui qu'un brouillard de lumière et d'ombres avec un fond sonore car son esprit était ailleurs. En méditant sur tout ce qu'il avait vu et entendu à l'Université de Manchester, il comprit que sa destinée basculait soudain. Il aurait désormais un rôle utile et important à jouer. Il allait montrer au monde pourquoi l'atome planétaire était impossible. Il voyait clairement comment réfuter cette idée farfelue. Trop de gens s'étaient trompés et s'étaient engoufrés dans cette brèche. Même Rutherford n'avait pas su y résister. L'atome planétaire auquel tant de physiciens rêvaient alors, finalement, n'était qu'un leurre. Cet atome dont les naïfs se représentaient l'image, celle que Jean Perrin l'imaginait déjà, cet assemblage de particules chargées sur des orbites stables, tournant à la manière des planètes, sans rayonner leur énergie, sans émettre de la lumière, sans respecter les théorèmes de symétrie qu'un certain Paul Ehrenfest avait découverts, ce n'était qu'un mirage, une vue de l'esprit. Lui, George Schott, allait démontrer que c'était parfaitement impossible. Non, un tel atome ne pouvait pas exister. Il en était sûr. Ce n'était pas conforme aux lois fondamentales de la physique.

- L'accélération d'une particule (en l'occurrence : l'électron) est implicite dans le mouvement circulaire, se dit-il. Ce n'est pas bien compliqué. En fait, c'est évident. Tout écolier qui s'est penché un jour sur la mécanique de Newton le sait. Il y a forcément une accélération.

- Non, il n'existe aucun moyen d'échapper à cette réalité, murmura-t-il encore en chemin. Il voyait déjà la longue suite d'articles scientifiques qui découleraient naturellement de sa méditation et qui traiteraient un par un tous les aspects de cette question brûlante. Rutherford lui avait ouvert un boulevard par sa spéculation. Schott allait tout remettre en place. L'ordre, il allait le rétablir.

Cette physique-là, il était le spécialiste le plus compétent de sa génération pour la développer. Il avait en main tous les outils théoriques nécessaires. Il voyait déjà par quels arguments subtils l'élaborer dans ses moindres détails. En fait, il tenait là le problème le plus important de sa vie. Il se sentait aussi heureux qu'un artiste qui reçoit brusquement du Ciel une grande inspiration. Pour les temps futurs, il serait le fossoyeur de l'hypothèse déraisonnable de l'atome planétaire.

Son voyage à Manchester, il allait le répéter souvent pour mieux comprendre les affirmations sur lesquelles Rutherford faisait reposer son idée d'un atome planétaire. Il était de son devoir de démonter méticuleusement l'interprétation des travaux et de trouver chaque fois l'erreur. Il allait refermer définitivement cette voie, tout comme, avant lui furent évacuées quelques vieilles idées stupides dont il avait appris à l'école les noms grecs si prétentieux à nos oreilles, le mystérieux élément-flamme phlogiston (φλογιστόν) et la génération spontanée, ou abiogenèse (αβιογένεσις). Il allait au passage se venger d'un vieux professeur de lettres classiques dont les cours l'avaient terriblement ennuyé. Il ne fallait pas s'apitoyer sur les idées fausses. Il fallait les combattre.

D'une certaine manière, il regrettait d'avoir à jouer ce rôle un peu brutal de contradicteur. Il allait décevoir beaucoup de beau monde. Et puis, bizarrement, à cette pensée, surgissait aussi le visage juvénile et confiant de la petite Eileen Rutherford. Il imaginait bien sa tristesse quand elle apprendrait par d'autres (non, il n'aurait pas la cruauté de la lui annoncer personnellement) la fin de l'idée chérie de son père et l'action destructrice qu'il allait assumer. Serait-ce, pour elle, une trahison ?

- Mais la Vérité, se dit-il, voilà ce qui compte avant toute chose. Nous autres chercheurs, nous n'avons d'autre choix que de la servir en toute circonstance. C'est une obligation, un sacerdoce. Nous sommes astreints à suivre ce chemin, même au prix de trahir nos sentiments les plus chers.

A plus de quarante ans, George Schott n'était toujours pas marié. A vrai dire, il ne regardait pas beaucoup les femmes et se conformait assez facilement aux règles reçues de la bonne conduite victorienne. Etrangement, néanmoins, il exerçait sur celles qui croisaient sa route une sorte de fascination à cause de sa distinction et de sa réserve. Mais il n'en profitait pas et ne mesurait pas lui-même le parti qu'il aurait pu en tirer. Sa retenue et ses bonnes manières étaient consubstantielles à sa nature profonde, une conséquence de sa façon de penser, nullement une stratégie de séduction.

Il avait bien compris, car il était très visible, l'effet d'attraction qu'il avait exercé sur Eileen. D'ailleurs, il l'avait d'autant mieux perçu que ce phénomène était réciproque. S'il avait eu l'esprit mal tourné, il aurait facilement imaginé d'aller plus loin mais, au contraire, il en ressentait plutôt une gêne. La différence d'âge entre eux était une sorte de malédiction qui lui interdisait une relation durable. En quittant la maison des Rutherford après sa première visite, il eut le sentiment d'avoir trouvé sa voie intellectuelle mais aussi d'avoir rencontré une personne qui, en d'autres circonstances, lui aurait apporté beaucoup de bonheur. Le fait d'avoir touché le cœur d'Eileen ne le laissait pas du tout indifférent.

Il aurait donc, désormais, deux raisons de rendre régulièrement visite aux Rutherford. L'une concernait l'atome, planétaire ou pas, et l'autre, Eileen. Et cette pensée, malgré une pointe de souffrance, le consola pendant son voyage de retour : la rupture viendrait un jour, c'était fatal, mais ne serait pas immédiate et ne viendrait pas de lui. Non, il ferait durer le débat aussi longtemps qu'il le pourrait, mais nul ne saurait pourquoi. Sauf elle, peut-être. Elle serait capable de le deviner.

Chapitre 6

L'histoire de la longue amitié entre Ernest Rutherford et Marie Curie avait commencé bien avant l'arrivée de Rutherford à Manchester, alors qu'il travaillait encore à Montréal. Le jeune chercheur néo-zélandais s'intéressait de près à tout ce qui concernait l'électron, la composition même de l'atome, encore incertaine et la toute nouvelle radioactivité qui semblait livrer une clé possible pour en comprendre davantage. Il suivait donc de près et depuis le début les travaux des Curie. Très tôt, il avait correspondu avec eux et ils étaient entrés en relation.

En 1903, Rutherford était venu en Europe et se trouvait à Paris le soir même de la soutenance de thèse de Marie Curie. Les amis des Curie allèrent ensuite dîner ensemble et Rutherford se souvint, des années plus tard, d'avoir vu à cette occasion un échantillon de radium briller dans le noir. Les convives se passèrent cette merveille autour de la table et, au moment du dessert, s'irradièrent copieusement sans avoir, à l'époque, la moindre idée des conséquences pour leur santé.

Pour comprendre par quel parcours singulier Rutherford, quatrième fils d'une modeste famille de fermiers en Nouvelle-Zélande, devint un si grand chercheur, il faut remonter à ses années de jeunesse et les placer dans le contexte de l'époque. Son histoire est aussi remarquable à sa manière que celle de la physicienne polonaise dont chacun connaît la brillante carrière. C'était à l'apogée de l'Empire britannique. Les Anglais allaient partout dans le monde, gouvernaient tout, et leur commerce en avait fait le pays le plus riche de la planète.

Comme dans toutes les nations très prospères, leur société avait développé une caste puissante aux opinons bien arrêtées. Parmi leurs préjugés figurait celui-ci : la science expérimentale n'était pas considérée comme une activité noble, digne d'un jeune homme bien né issu de la haute aristocratie. Elle restait entachée d'une certaine vulgarité. Il n'était pas exclu qu'un fils de fermier très talentueux réussisse par cette voie. Il pouvait même débarquer d'une colonie lointaine, d'autant plus que sa famille comptait parmi les colonisateurs et non parmi les colonisés. En outre, alors que l'Australie fut peuplée de force en y expédiant des criminels de droit commun, les choses s'étaient passées d'une manière beaucoup plus agréable en Nouvelle-Zélande. Ses habitants étaient (et sont encore aujourd'hui), considérés par de nombreux Anglais comme des 'gens bien' par opposition aux Australiens, traités avec plus de méfiance.

Le père de Rutherford, déjà, était un homme plein de ressources qui mettait une intelligence naturelle et un sens pratique très développé au service de sa ferme. Il savait, ayant planté et récolté, se transformer en meunier pour réparer son moulin, améliorer ses machines et se livrer à un véritable travail d'inventeur, voire d'ingénieur. C'est de lui, sûrement, que Rutherford tenait le formidable don d'innovation dont il fit preuve par la suite dans ses expériences de physique. Sa mère avait un passé d'enseignante et ses parents avaient tous les deux un respect profond pour les études. Il leur dut certainement beaucoup au départ : ayant douze enfants à élever, ses parents firent d'immenses sacrifices pour leur apporter à tous les bienfaits d'une éducation soignée.

On l'imagine bien : Ernest, dès le départ, fut un brillant élève, plein d'énergie et de curiosité. Il était porté naturellement vers les sciences et impressionna par ses capacités en arithmétique. Il devint également un grand joueur de rugby, ce qui ne nuisait en rien à sa personnalité et le rendait très populaire auprès de ses camarades. C'était déjà le sport national de son pays. Il fut le meilleur élève du Nelson College dans toutes les matières et entra sans difficulté à l'université de la région, Canterbury College.

Très tôt, il se fit connaître par quelques découvertes inattendues dans le domaine de l'électromagnétique, un sujet avec lequel, par la suite, il eut des relations compliquées mais qui fut le point de départ de son immense carrière scientifique.

Sa famille, évidemment, était fière de sa formidable ascension mais manquait de moyens pour le soutenir davantage. Par miracle, Ernest Rutherford décrocha la seule et unique bourse d'études de Nouvelle-Zélande, ce qui lui permit de poursuivre pendant cinq ans son ascension universitaire.

Néanmoins, l'argent de la bourse n'était pas tout à fait suffisant. Il y suppléa en donnant des cours particuliers. En 1894, il obtint son diplôme néo-zélandais avec des notes si remarquables qu'elles lui permirent d'entrer d'emblée au laboratoire Cavendish de l'Université de Cambridge pour préparer une thèse de doctorat sous la direction du Professeur Thomson, connu mondialement pour sa découverte de l'électron.

Avant son départ de Nouvelle-Zélande, en 1895, il s'était fiancé avec une jeune fille du pays, Mary Newton, qui fut sa compagne fidèle. Elle dut attendre le mariage jusqu'en 1903. Ils étaient simplement trop pauvres pour faire autrement.

Pendant trois ans, il travailla sur les ondes électro-magnétiques dites 'hertziennes' et publia des articles de haut niveau, très remarqués. Avec Thomson, il parvint à utiliser des rayons X pour ioniser un gaz. Il observa que, sous leur action, les charges négatives se séparent des charges positives puis, en l'absence de rayons X, qu'elles se recombinent pour donner de nouveau un gaz neutre. Il inventa des appareils pour mesurer la vitesse des ions et leur taux de recombinaison. C'était le point de départ de ce qui devint par la suite entre ses mains la physique nucléaire.

Sa progression était si remarquable qu'après trois ans à Cambridge, il fut nommé, en 1898, Professeur de physique à l'Université McGill de Montréal. Ce poste rémunéré lui permit enfin de faire venir sa fiancée auprès de lui. Rutherford arriva à Montréal peu après la décou-verte par Becquerel de la radioactivité, phénomène surprenant et inattendu qui porta au début le nom de 'rayonnement uranique'. C'était un sujet en or pour le jeune physicien qui devait, en tant que Professeur, lancer un nouveau programme de recherche.

Rutherford publia en 1899 un article fondamental sur l'ionisation de l'air par ce rayonnement. Il avait placé de l'uranium entre deux plaques électriques et détecta un courant. Il put ainsi mesurer le pouvoir de pénétration du rayonnement uranique, en interposant des feuilles métalliques d'épaisseurs différentes. De ses expériences date l'identification de deux formes de rayonnement différentes (alpha et beta) qu'il distingua l'une de l'autre par leur pouvoir de pénétration.

A cette époque, Rutherford tâchait de se démarquer des Curie. Il décida d'étudier plutôt le thorium et mit en évidence, toujours avec le même dispositif que pour l'uranium, un phénomène étrange : ouvrir une porte dans son laboratoire perturbait l'expérience, comme si un petit mouvement d'air dans la pièce suffisait à tout modifier. Il en conclut que le thorium dégage une émanation gazeuse qui, elle aussi, est radioactive. Il lui suffit d'aspirer de l'air au voisinage du thorium. Il s'aperçut que cet air lui aussi, même prélevé à grande distance du thorium, faisait passer un courant dans son détecteur.

Il remarqua, de plus, que les émanations ne restent radioactives qu'une dizaine de minutes et qu'elles sont neutres. Leur radioactivité persistait dans les réactions chimiques. Pourtant, elle décroissait exponentiellement. C'est ainsi qu'il découvrit, en 1900, la durée de vie des éléments radioactifs. En collaboration avec un collègue chimiste de Montréal, Frederick Soddy, il parvint en 1902 à la conclusion que les émanations sont également des atomes radioactifs, mais différents de l'élément d'origine. La radioactivité, annonça-t-il, peut être la cause d'une désintégration des éléments.

Cette découverte fit scandale auprès des chimistes. Pour eux, la matière, étant indestructible, la transmutation des éléments était impossible. La conclusion donnée par Rutherford remettait en cause les principes de base de la chimie. Pourtant, ses travaux étaient irréfutables. Pierre Curie avait commencé, lui aussi, par mettre les résultats de Rutherford en doute, mais fut obligé de se rendre à l'évidence après avoir répété lui-même, plusieurs fois, l'expérience. Déjà, dans ses travaux avec Marie Curie, il avait remarqué que les échantillons radioactifs perdaient du poids, mais n'en avait pas tiré la bonne conclusion. La grande concurrence entre Rutherford et les Curie s'installa, dès lors comme un aspect essentiel du paysage international de la recherche. Elle devait durer pendant de longues années.

En 1900, Ernest Rutherford épousa enfin Mary Newton dont il eut sa fille unique, Eileen, née en 1901.

Deux années très importantes de l'histoire de la physique furent 1903 et 1904. La Royal Society de Londres décerna la médaille Rumford à Rutherford qui publia un livre intitulé *La Radioactivité*. Il y expliquait que celle-ci est indépendante de toutes les influences extérieures telles que la pression, la température, d'éventuelles réactions chimiques, etc. En plus, elle peut dégager beaucoup de chaleur, infiniment plus qu'une simple réaction chimique. Enfin, elle donne bien lieu au miracle de la transmutation des éléments. Rutherford et Soddy estimèrent que l'énergie libérée dans une désinté-gration nucléaire pouvait atteindre de 20 000 à 100 000 fois celle d'une réaction chimique. Leur découverte, appliquée en astrophysique, permit d'expliquer la source d'énergie du soleil et des étoiles et fournit l'origine de l'énergie, supplémentaire à celle du rayonnement solaire, qui stabilise la température de la Terre.

A l'époque de la Révolution industrielle, trouver d'immenses réserves d'énergie cachées dans le noyau des atomes, même si elles paraissaient encore inexploitables, attira forcément l'attention. Tout ingénieur comprend l'avantage économique de maîtriser de nouvelles formes d'énergie. Et à ceux qui auraient douté du résultat, aux théoriciens sceptiques qui auraient pu dire : mais cette énergie, quelle en est donc la source ? Einstein apportait aussitôt la réponse avec son équivalence masse-énergie. Après ces travaux, Otto Hahn, qui avait, de son côté, découvert la fission nucléaire, vint à son tour se joindre à l'équipe de Rutherford à l'Université McGill pendant quelques mois.

Rutherford, pendant ce temps, travaillait encore sur le rayonnement alpha. Il utilisa des champs électriques et magnétiques pour en mesurer les propriétés et parvint bientôt à se convaincre qu'il s'agit de particules de charge positive, beaucoup plus massives que les électrons. Déjà, en 1903, il était en marche vers la période la plus glorieuse de la physique nucléaire comme aussi, à leur manière, l'étaient ses concurrents, les Curie.

.

Chapitre 7

Le Vice-Chancelier de l'Université de Manchester, Monsieur le Professeur Joseph Greenwood, n'était pas physicien. Il manifestait même une sorte de fierté à ne rien comprendre aux sciences. En revanche, il connaissait fort bien tous les épisodes de la Guerre du Péloponèse et récitait par cœur des passages entiers de l'historien grec Thucydide. Plus jeune, il avait passé de longues heures penché sur la *Cyropopédie* de Xénophon et ne manquait jamais de le rappeler aux étudiants quand ceux-ci se plaignaient de ses cours parfois incompréhensibles. Cette préparation à la vie lui semblait encore la meilleure du monde. Il en avait fait l'expérience dans les salons les plus en vue de la capitale où quelques mots d'un poème grec émerveillaient toujours. Il le savait bien. Le poste exalté qu'il occupait, il le devait en grande partie à ses succès mondains.

Il fut néanmoins un peu ennuyé quand se posa le problème de choisir un bon physicien pour enseigner cette matière, devenue de plus en plus obscure depuis quelques années, aux jeunes de son université. Sa première tentation fut presque d'abandonner l'affaire aux spécialistes et de les laisser se gouverner tout seuls. Après tout, pourquoi se mêlerait-il d'un sujet qui, d'ailleurs, n'intéressait plus presque personne et ne serait d'aucune utilité pour un diplômé de l'université de Manchester qui briguerait un poste vraiment important, comme le sien par exemple ?

Cependant, à la veille de prendre sa décision, il fit un mauvais rêve après un repas peut-être un peu trop plantureux. Il se vit reprocher par son ancien professeur

de grec un crime très à la mode dès la haute Antiquité :
la déréliction. Lui, dont la responsabilité administrative
était incontestablement de gouverner l'Université,
négligeait-il de manifester son autorité ? Se faisait-il
suffisamment respecter par ses administrés en tant que
Vice-chancelier ? A l'issue de ce cauchemar, il s'éveilla
en sueur et fut envahi par l'inquiétude.

En regardant la lumière du jour, parfois perceptible
même à Manchester à travers le brouillard industriel, il
se souvint qu'Aristote avait écrit sur la philosophie dite
naturelle, cette science de l'Univers. Qui pouvait mieux
faire le bon choix parmi les candidats, si ce n'est le Vice-
chancelier de l'Université, ancien élève de l'école *Corpus
Christi*, ayant étudié le latin et le grec dans un cursus
noble entre tous, celui qu'on nomme '*Greats*' chez les
Anglais ? En cette qualité, il avait doublement le droit de
mener le débat. Le nom de ce cursus exprimait justement
qu'il ouvrait les portes vers la grandeur, à savoir : vers les
plus hautes fonctions (par exemple évidemment: celle de
Vice-chancelier) dans le plus grand empire du monde
depuis la chute de Rome, chute immortalisée par l'œuvre
de Gibbon, indubitablement, lui aussi, un 'grand' le plus
illustre historien de tous les temps... sa lecture préférée.

En nouant sa cravate ce matin-là, Greenwood
changea brusquement d'avis. Non, il ne fallait pas laisser
passer l'occasion d'agir. Il lui apparut clairement à travers
son miroir, en se donnant un dernier coup de peigne, qu'il
était de son devoir de choisir le nouveau professeur de
physique. C'était une affaire d'honneur, même s'il ne
comprenait rien du tout à une matière devenue exagérément abstraite dans les temps modernes. Il s'agissait en
définitive du privilège de sa fonction. Ne pas l'exercer
serait donc un manquement grave.

L'atome planétaire

Devant son petit déjeuner, il se souvint aussi très opportunément de la pomme de Newton. Elle serait un excellent argument. Il l'opposerait aux plus récalcitrants de ses collègues scientifiques du Comité de sélection si l'un d'entre eux osait murmurer. Après tout, en dépit de longues études louées par ses biographes, le grand Isaac lui-même ne serait arrivé à rien sans la fameuse pomme. Selon Greenwood ce matin-là, elle ne symbolisait en rien le hasard, mais plutôt l'inspiration et peut-être aussi une manière d'intervention divine :

- Car il n'y a pas de hasard, se dit-il en terminant ses œufs pochés façon bénédicte, dont le nom même lui parut prédestiné, merveilleusement adapté à cette belle journée. Il faut que je me montre à la hauteur de la situation pour le faire comprendre.

Il se saisit de son haut de forme et fit quelques pas dehors, puis arpenta, plein d'enthousiasme, le petit jardin carré de sa résidence de fonction. Il se sentait inspiré et la petite pluie qui mouilla sa redingote ne diminua en rien son ardeur.

- C'est le moment de préparer un bon discours, pensa-t-il. Même s'il doit paraître improvisé, il faut l'avoir bien en tête pour le prononcer avec conviction.

Il se promit de rappeler, en plus de la fameuse pomme, le bel exemple de Michael Faraday, Président de la Royal Institution, du côté de de Mayfair, un des plus beaux quartiers de Londres. Justement, pendant une réception au Club *Athenaeum*, l'un des plus chics de la capitale, il avait eut l'honneur de lui serrer la main. Ce serait une bonne chose à raconter aux scientifiques du Comité de sélection, pour leur mettre le nez dans leur propre médiocrité et leur démontrer la qualité de ses fréquentations. Il ajouterait que ce grand homme ne savait rien du tout des mathématiques (sujet que le Vice-chancelier abhorrait) et n'écrivait jamais d'équations. Ce petit rappel bien senti remettrait en place tel jeune collègue fort prétentieux. Si cette leçon ne lui suffisait pas, il pourrait la compléter par la belle histoire d'Euclide d'Alexandrie, le plus illustre des géomètres, qui se contentait de raisonner sur des figures tracées dans le sable au moyen de la règle et du compas, lui aussi sans jamais écrire la moindre équation. Voilà l'élégance, dirait-il en conclusion. Elle se passe de toute cette lourdeur cabalistique dont on cherche aujourd'hui à encombrer la connaissance de la nature.

Le Vice-chancelier revint de sa petite promenade très content de lui-même. Désormais, il était armé pour impressionner son auditoire. Devant de tels arguments, ses collègues seraient bien obligés de reconnaître que leur Vice-chancelier méritait son titre et son rang. A présent, il se sentait capable d'imposer sa volonté à tous les Comités de sélection de la terre.

Il ne connaissait, il est vrai, les noms d'aucun des candidats et y pensa un moment en pénétrant dans la salle des délibérations. C'est vrai qu'il n'avait examiné aucun dossier. Il était trop tard maintenant. Mais, d'un autre côté, était-ce bien nécessaire ? Il pouvait compter sur sa longue expérience universitaire pour prendre rapidement la bonne décision sans s'encombrer le cerveau de faits inutiles. Il agirait comme un stratège de l'Antiquité, rapide au combat comme le Grand Cyrus sur un champ de bataille inconnu, devançant tous les mouvements d'un adversaire imprévisible.

Les scientifiques qui composaient le Comité se levèrent tous à l'entrée du Vice-chancelier Greenwood.

Ce n'était pas tellement par respect pour l'homme, mais plutôt pour sa fonction. Eux aussi étaient très sûrs de leur fait, car (se disaient-ils) Greenwood n'y connaît rien et nous laissera décider. Leur Comité avait étudié très sérieusement tous les dossiers et préparé cette réunion – la dernière – à laquelle le Vice-chancelier se joignait d'une manière inopinée sans avoir assisté aux autres. Ils avaient déjà classé les candidats sur des bases tout à fait nouvelles, assez surprenantes pour Greenwood qui ne s'y attendait pas du tout. Ils voulaient tenir compte du rôle de l'Université dans le contexte économique et social de leur ville de Manchester, capitale d'une Révolution industrielle qui – on le pressentait – allait transformer le monde entier.

- Je vous demande pardon, Messieurs, dit le Vice-chancelier, agacé par leur superbe. Le rôle de l'Université, c'est à moi d'y penser. Il n'est pas de votre responsabilité. Votre tâche est simplement de choisir les cinq ou six candidats qui vous paraissent les meilleurs. La mienne est de déterminer , parmi ceux que vous aurez retenus, lequel convient le mieux. C'est bien pour cela que je suis venu aujourd'hui.

Les scientifiques se regardèrent, surpris et un peu gênés. Ils avaient cru que la décision leur appartenait entièrement puisque le Vice-chancelier n'avait assisté à aucune des réunions précédentes. Brusquement, ils étaient confrontés à une situation inattendue.

- Monsieur le Vice-chancelier, répondit le professeur de chimie, qui était le plus turbulent d'entre eux, pour établir une liste, nous sommes obligés de tenir compte, non seulement de la qualité des candidats, mais aussi du rôle de notre Université. Nous ne pouvons pas oublier que notre choix envoie forcément un message au monde extérieur.

- C'est parfaitement exact, renchérit aussitôt le professeur de médecine. Plus âgé que les autres membres du Comité, il estimait que son opinion comptait davantage, même s'il ne s'intéressait pas énormément à la physique. Notre choix envoie bien ce message. Notre collègue a raison. Nous ne pouvons l'ignorer.

- Il n'y a aucun message qui tienne, dit le Vice-chancelier avec humeur. Cela ne change absolument rien à l'affaire. Je veux que vous choisissiez les meilleurs physiciens, un point c'est tout.

- Messieurs, dit le professeur de mathématiques, sautant sur l'occasion de jouer l'arbitre pour rabaisser le Vice-chancelier, je vais nous mettre tous d'accord. Le meilleur candidat est incontestablement aussi celui qui enverra le meilleur message au monde extérieur. Le choix n'est pas difficile. C'est une affaire de logique et de bon sens.

- Je ne sais pas de quoi vous parlez, dit le Vice-chancelier, vexé par une intervention dont il comprit parfaitement le motif. Je vous rappelle que je préside notre Comité en vertu de ma fonction administrative autant qu'académique. C'est donc à moi d'orienter le débat et je n'aime pas du tout votre idée de message.

Sa bête noire était le professeur de mathématiques qu'il soupçonnait à juste titre de mener contre lui et son autorité une guerrilla sourde et permanente.

- Monsieur le Vice-chancelier, reprit le professeur de chimie, il ne s'agit nullement de contester le moins du monde votre propre rôle que nous acceptons tous, cela va de soi. Il s'agit seulement de choisir le nouveau professeur de physique, ce qui ne peut se faire sans définir sa place à Manchester. Si la ville de Londres est notre capitale, si elle est le centre politique, financier et social du vaste empire britannique, n'oublions pas que le véritable cœur de la Révolution industriellle est ici, dans notre ville magnifique. Il est donc parfaitement légitime que notre choix tienne compte de cette réalité.

Tous les membres du Comité applaudirent une aussi belle déclaration et l'approuvèrent en hochant de la tête. Le Vice-chancelier vit clairement qu'il ne pourrait aller plus loin sans ternir sa réputation, car la rumeur courait déjà dans l'université que de puissantes relations à Londres l'avaient parachuté sur son poste.

- C'est précisément ce que je voulais entendre, convint-il plus mollement. Vous avez donc déjà choisi les meilleurs candidats et le Comité décidera maintenant, sous ma houlette, lequel servira le mieux la stratégie de notre institution.

Après cette entrée en matière, les membres du Comité firent circuler les dossiers qu'ils avaient retenus, ceux des candidats qu'ils avaient fait venir à Manchester pour un examen oral plus approfondi.

- Je veux quand même que vous les classiez dans l'ordre, dit le Vice-chancelier en feuilletant les dossiers, un peu perdu dans le mélange de témoignages, de lettres de soutien et de publications spécialisées auxquelles il ne comprenait rien. Ce qui compte, c'est l'impact de tous les travaux des candidats. Il faut savoir d'où nous partons avant d'aller plus loin dans notre choix.

- Il n'y a pas de doute, dit alors le professeur de

chimie, et nous sommes tous d'accord là-dessus. Le meilleur candidat est incontestablement ce Néo-Zélandais. Actuellement, malgré son jeune âge, il est professeur titulaire dans une université réputée du Canada. Sa trajectoire est impressionnante. Il est par ailleurs diplômé de Trinity College à Cambridge.

- Un Néo-Zélandais ! dit le Vice-Chancelier, un peu choqué par cette idée. Il faudrait quand même donner la priorité à un Anglais, ne pensez-vous pas, avant d'aller chercher quelqu'un à l'autre bout du monde, quels que soient ses diplômes. N'avez-vous personne de mieux à nous proposer ?

- Nous avons plusieurs candidats, mais très loin d'être aussi bons, reprit le professeur de chimie, Les travaux du Néo-Zélandais vont même, j'en suis persuadé, révolutionner la chimie.

- Il s'agit de nommer un professeur de physique, objecta le Vice-chancelier. Vous êtes déjà parmi nous et nous en sommes très heureux, mais nous n'avons pas besoin de deux professeurs de chimie.

- Cet homme est très surprenant, dit le professeur de mathématiques. Il a décroché la seule et unique bourse de mathématiques du territoire de la Nouvelle-Zélande avant de devenir professeur de physique au Canada.

- Je ne veux pas non plus d'un autre mathématicien, répliqua le Vice-chancelier d'un ton aigre. Un seul suffit.

- Je puis vous rassurer, dit en souriant le professeur de médecine, ce candidat n'a rien d'un médecin. Ceci dit, je suis absolument d'accord avec mes collègues. Il est assurément le meilleur. Il n'est pas exclu que certains de ses travaux aient une importance dans l'avenir même en médecine.

- Somme toute, dit le Vice-chancelier, vous proposez de choisir un professeur qui aurait commencé sa carrière en faisant le tour de nos colonies pour impressionner le monde ! Je ne vois pas très bien ce que cela nous apporterait. Les Français, par exemple, ne recrutent guère leurs professeurs d'université parmi les Africains. Nous aurions belle allure et ils se moqueraient bien de nous si nous allions chercher les nôtres en Nouvelle-Zélande !.

- Justement, dit le professeur de chimie, l'illustre Becquerel, l'homme à qui le monde doit la découverte de la radioactivité, nous écrit de Paris pour appuyer la candidature du Néo-Zélandais. Il parle de lui comme d'une étoile montante des temps modernes. Il en donne un éloge dithyrambique.

Le Vice-chancelier ne savait rien de la radioactivité. Le mot lui parut particulièrement barbare, mais il eut la sagesse de ne pas répondre, de peur de dire une bêtise, ce qui donna l'occasion au mathématicien de revenir à la charge.

- Ceci nous ramène, excusez-moi Messieurs, à la question de départ, dit-il avec onction. La ville de Manchester, à travers notre notre choix, peut, elle aussi, envoyer au reste du pays un message fort. Il est parfaitement cohérent et conforme à notre rôle d'exprimer une ambition grande et nouvelle. Nous pouvons conquérir la primauté intellectuelle du pays par le biais des sciences. Manchester est le foyer de toutes les innovations les plus importantes en Europe. Ce rôle, aucune autre ville ne peut y prétendre. Voilà pourquoi ce Néo-Zélandais me paraît un candidat très intéressant.

- Messieurs, je vous en prie, n'allons pas trop vite ! s'écria le Vice-chancelier, excédé par la prétention des scientifiques. Après tout, nous ne parlons que de la chaire de physique. Cette nomination ne va pas bouleverser l'ordre établi... Cherchons d'abord qui s'est présenté. Puisque les six meilleurs candidats sont à Manchester aujourd'hui, je propose tout simplement de les convoquer demain. Nous verrons bien ce qu'il faut en penser.

Le Comité entérina naturellement cette décision qui mit fin à la réunion. Le Vice-chancelier rentra chez lui satisfait d'avoir imposé à ses collègues le respect de la hiérarchie et les professeurs de science, de leur côté, se concertèrent, car ils sentaient une certaine hostilité de sa part à leur choix, ainsi qu'un fort préjugé intellectuel contre les sciences, indigne d'un Vice-chancelier. Visible-ment, il les plaçait bien en-dessous des Lettres Classiques. Il fallait donc contre-attaquer au plus vite.

Ernest Rutherford était arrivé la veille à Manchester. Comme il ne connaissait pas la ville, il eut la curiosité de s'y promener. Il s'était renseigné avant de venir et s'était fait, d'après sa lecture, une haute idée de celle qu'on appelait alors la *cotonapolis*: la ville des machines et de l'industrie modernes. Il ne s'attendait pas du tout à ce qu'il découvrit rien qu'en parcourant quelques rues autour de son hôtel. C'était loin, très loin du paradis moderne qu'il s'était imaginé. Il se demanda même un moment s'il ne se fourvoyait pas en posant sa candidature dans une ville aussi affreuse. Il eut un moment de doute, mais se souvint que le Canada était bien loin du centre de l'Empire et son optimisme naturel reprit le dessus. Oui, la vie à Manchester serait peut-être difficile, mais ce n'était encore qu'une étape et il n'avait pas tellement le choix s'il cherchait un poste en Angleterre. L'idéal, bien sûr, eût été de retourner à Cambridge, mais cet idéal était encore inatteignable. Au moins, dans la Cotonapolis, il se rapprochait de son but ultime. Il fallait donc accepter de vivre pour quelque temps dans un lieu qu'il n'aurait pas choisi par plaisir.

Ici et là, il remarqua quelques grands bâtiments en brique rouge, encore en construction, qui témoignaient d'un effort louable d'architecture. Mais à une centaine de mètres seulement, d'autres édifices dans le même style et de la même époque portaient les stigmates de la pollution au charbon. Toutes les façades étaient maculées de traînées noires.

Rutherford comprit d'un seul coup en s'y promenant que ce monde nouveau, né de la maîtrise de l'énergie, se construisait sur une catastrophe silencieuse dont personne ne faisait état, sur une souffrance cachée sans laquelle l'essor industriel de Manchester n'aurait jamais existé. En fils de paysan, il connaissait les vertus de l'air pur. Or, ce charbon qui faisait la fierté de l'Angleterre, on en brûlait partout. On cuisinait, on se chauffait avec. Il l'avait constaté dans sa chambre d'hôtel : une poussière noire s'infiltrait même par les cordelettes en chanvre des fenêtres à guillotine jusqu'à l'intérieur des huisseries les plus hermétiques. Mieux valait ne pas ouvrir la fenêtre. A quoi bon, d'ailleurs ? L'air était plus respirable à l'intérieur qu'au-dehors.

Il avait lu bien des éloges de la modernité, de l'immense révolution qui transformait Manchester, les provinces du Lancashire et du Yorkshire, l'Angleterre, l'Europe... Elle allait bientôt s'étendre au monde entier. Il avait d'abord cru à cette description idéalisée d'un progrès sans limites. Il n'y renonçait pas tout à fait, mais il découvrait aussi une modernité synonyme de pollution grasse et noire, d'une suie malodorante qui recouvrait les toits, les façades, les chapeaux des passants, les robes et les dentelles des dames, sans épargner la moindre surface exposée.

Rutherford, originaire d'un pays de volcans, songea aussi que la cendre d'une éruption fait de même, avec des conséquences souvent bien plus meurtrières, mais que la cendre, elle au moins, est légère, d'un joli gris clair et propre. Elle ne pollue pas. La Nouvelle-Zélande est parfaitement propre.

- Quand la cendre retombe à terre, se dit-il, la campagne finit par revivre et devient même plus fertile. Une fois l'éruption passée, on l'oublie. La population revient et se retrouve même plus riche qu'auparavant, car la culture connaît un nouvel essor. La poussière de charbon, au contraire, étouffe toute forme de vie. Que deviendront les malheureux condamnés à vivre ici ? Cette poussière se dépose sur les feuilles des arbres comme un vernis noirâtre. Les pluies l'entraîneront dans les sols pour les empoisonner. C'est pour cela, sans doute, que je vois si peu de plantes autour de moi.

Quand on visite Manchester aujourd'hui, rénovée, récurée, rafraîchie et ses immenses bâtiments de brique rouge devenus tout propres, on n'imagine pas la vision qu'en eut Ernest Rutherford aux temps de sa prospérité. C'est que la puissance d'une ville n'a aucun rapport avec sa propreté. C'est parfois même le contraire. A l'époque de sa domination economique mondiale, Manchester avait l'aspect d'une prison infâme, d'un taudis maculé de traînées infectes, dans lequel il aperçut des pauvres blottis par grappes aux coins des rues, dans l'attente qu'on veuille bien leur offrir du travail. Rutherford avait cru, comme tous les nouveaux arrivés, que le monde nouveau se construirait par le simple pouvoir des machines. En y regardant de plus près, il constata l'omniprésence d'une misère qu'il n'aurait jamais soupçonnée auparavant dans le poumon de l'Empire.

- La modernité, se dit-il en contemplant cette ville rendue malade par un excès d'activité, il vaut peut-être mieux qu'elle reste dans les laboratoires. Quand elle s'échappe vers l'extérieur, elle apporte aussi beaucoup de malheur aux hommes.

Et il reprit le chemin de son hôtel assez perturbé par cette découverte inattendue.

Le lendemain, à son entrevue par le Comité de sélection de l'Université, le Vice-chancelier l'accueillit très aimablement et sa première question fut d'une pertinence incroyable sous ses dehors inoffensifs :

- Monsieur Rutherford, lui dit-il, je vois que vous avez beaucoup voyagé dans le monde et que vous connaissez beaucoup de pays. Dites-moi donc : que pensez-vous de la ville de Manchester ? Avez-vous eu le temps de vous y promener?

Rutherford n'avait pas l'habitude d'esquiver les questions et répondait toujours de la manière la plus franche et la plus directe. D'une voix forte, il décrivit toutes ses impressions et annonça aussi les conclusions qu'il en tirait. Les professeurs de science furent horrifiés par sa réponse. L'idée qu'ils s'étaient faite d'un candidat amoureux du progrès industriel, qui épouserait les idées les plus modernes et saurait les appliquer dans la société extérieure, vola en éclats. Ils frémirent de l'entendre et crurent sa candidature perdue. Ils commencèrent à se demander si le deuxième candidat de la liste ne serait pas meilleur.

Mais le Vice-chancelier, au contraire, fut ravi de cette réponse. Il admira la forte personnalité de ce jeune homme qui, visiblement, n'avait peur de rien et s'exprimait sans détours. Il fut même très heureux que la réponse de Rutherford ne ressemblât en rien aux idées préconçues de ses collègues. Enfin un jeune homme qui ne faisait pas une confiance aveugle à la technologie ! Ce Rutherford lui plut beaucoup. Il donnait par ricochet une excellente leçon à ses collègues scientifiques si arrogants.

Le Vice-chancelier avait mijoté pendant la nuit une deuxième question pour piéger ce candidat. Il en profita quand même pour enchaîner :

- Merci pour votre franchise, Monsieur Rutherford, lui dit-il. J'ai une question à vous poser au sujet de votre parcours jusqu'à présent. Il paraît que vous êtes un peu chimiste, ce que je peux comprendre car la physique et la chimie, finalement, c'est à peu près la même chose.

- Vous avez absolument raison, Monsieur le Vice-chancelier, confirma Rutherford, toujours de sa voix forte.

- Je vois d'ailleurs que vous avez travaillé à Montréal avec le docteur Soddy, chimiste, qui ne târit pas d'éloges à votre sujet. Mais je constate aussi que vous aviez obtenu, en Nouvelle-Zélande, une bourse de mathématiques. Vous changez souvent de matière. Je vous croyais expérimentateur. Seriez-vous aussi mathématicien ? Feriez-vous de la théorie ?

- Je ne suis absolument pas mathématicien, répondit Rutherford. Cette bourse, j'ai dû concourir pour l'obtenir, car c'était la seule du pays et je n'aurais pas pu continuer mes études sans un soutien financier. Mais c'était mon unique motivation. Entre nous, je déteste la théorie. Si je devais n'écrire que des équations, j'abandonnerais la recherche, car j'estime que la nature n'a pas besoin de la complexité des mathématiques pour se faire comprendre. Elle parle toujours d'une manière simple. C'est pourquoi les idées les moins compliquées sont les meilleures.

le Vice-chancelier fut absolument ravi de cette réponse et regarda le professeur de mathématiques d'un air narquois.

- Monsieur Rutherford, lui dit-il, merci pour votre explication très convaincante. Sachez qu'elle me plaît énormément.

L'entretien se prolongea assez longtemps encore, car les scientifiques avaient aussi leur mot à dire, mais le Vice-chancelier ne posa plus aucune question. Il était très heureux des réponses du jeune chercheur. Il décida, avant même d'avoir entendu les autres candidats, que ce Rutherford, en dépit de sa naissance dans une terre lointaine, avait bien la carrure nécessaire et serait donc le prochain professeur de physique de l'Université de Manchester.

La nomination de Rutherford eut lieu le soir même et il télégraphia la nouvelle dès le lendemain au Canada.

Il fallait surtout, pour Rutherford, convaincre sa jeune épouse, que ce déménagement effrayait déjà. En homme prudent, il jugea qu'il faudrait la mettre bien au courant des inconvénients de la vie à Manchester pour qu'elle ne les découvre pas par elle-même en arrivant. Il y passa donc quelques jours de plus pour chercher un point de chute et se renseigner sur l'environnement.

Sa petite enquête auprès des habitants le confirma dans son opinion. La situation sociale y était vraiment très mauvaise. Il avait cru que l'Angleterre moderne se construisait grâce aux machines. Il s'aperçut qu'elle avait un appétit vorace de main-d'œuvre à bon marché. Pire encore, comme la croissance industrielle allait par sauts et par bonds, des hordes de miséreux étaient expulsés dans les rues du jour au lendemain à chaque fermeture d'usine. Il assista à une scène de ce genre et comprit qu'on avait promis abusivement des jours meilleurs aux plus démunis. Il comprit aussi qu'il fallait très bien choisir son quartier pour échapper aux tensions sociales de ce genre.

Il revint au Canada aussi bien préparé que possible pour convaincre Marie de la nécessité de son choix.

A sa grande surprise, quand il voulut lui révéler le problème de la pollution dans cette ville, il découvrit que Marie Rutherford était déjà très au courant de la question. C'est qu'elle avait un goût prononcé pour la poésie et pratiquait l'œuvre de William Wordsworth. Elle savait donc pourquoi il avait fui Manchester, écœuré par la suie et la poussière de la Révolution Industrielle. Elle lui apprit que le poète avait abandonné la ville pour se retirer dans une campagne merveilleuse, qu'il fit découvrir à toute la bourgeoisie du Lancashire, puis de Londres, celle du *Lake District*.

Dès son arrivée en Angleterre, Marie Rutherford voulut voir par elle-même cette campagne d'une beauté naturelle extraordinaire. Elle avait presque l'impression de la connaître déjà à travers ses poètes. Elle fut charmée par les collines douces, les lacs paisibles et les bocages apparemment si naturels. Marie Rutherford avait connu des campagnes sauvages, celle de la Nouvelle-Zélande, puis celle du Canada. La campagne apprêtée, modifiée si habilement par la main de l'homme qu'on devine à peine l'intervention des jardiniers, fut pour elle une expérience nouvelle et l'enthousiasma.

Mary Rutherford pratiquait aussi les écrivains et poètes qui suivirent Wordsworth dans son exil doré et prirent le nom de *Lake-ists*. La plupart d'entre eux tiraient secrètement leurs revenus des usines qu'ils décriaient, mais il leur suffisait d'un rideau d'arbres pour les oublier. Ils étaient, en fait, favorables à la technologie industrielle. Ils refusaient seulement qu'on brûle du charbon juste à côté de chez eux. Inconsciemment, Mary les suivit dans cette manière de penser et trouva ce compromis, très courant parmi les habitants de Manchester, tout à fait acceptable. Elle ignorait que le romantisme anglais a deux branches irréconciliables : d'un côté, l'école de Coleridge et de Wordsworth, prête à pactiser avec la technologie pourvu que celle-ci reste discrète et, de l'autre, celle de Byron, pourfendeur de toute forme de science, ami de Mary Shelley et inspirateur secret de son *Frankenstein*. Ce clivage fondamental entre 'vrais' romantiques aux opinions radicales et romantiques plus 'bourgeois', peu enclins à sacrifier leur confort sur l'autel de l'absolu, restait sous-jacent dans toute la haute société anglaise. Mary, déjà imprégnée de conformisme du fait de ses origines néo-zélandaises, s'intégra très bien dans un milieu universitaire plutôt conventionnel, car elle trouvait parfaitement naturelle cette manière de penser.

Pourtant, parmi les lake-ists intimes de Wordsworth qui plaisaient tant à Mary Rutherford, était Thomas De Quincey, adepte et victime de la chimie des stupéfiants. L'opium et ses dérivés, le mélange d'alcool et d'opium, le fameux laudanum des poètes anglais, accompagnaient la vie, non seulement des artistes de Manchester, mais aussi de certains universitaires. On le savait. Toutes les classes étaient touchées par ce fléau, que la médecine de l'époque contribuait à répandre en Angleterre, et la ville de Manchester en était l'épicentre. Mary fut un peu choquée de l'apprendre : un collègue de son mari était opiomane. Ce qu'elle aurait peut-être accepté de la part d'un auteur, elle fut stupéfaite de découvrir au sujet du professeur de médecine qui avait fait partie du Comité de sélection de son mari, auquel il devait sa nomination.

- C'est compréhensible, lui expliqua Rutherford. Cet homme prescrit toute la journée un médicament qui non seulement soulage ses malades, mais leur procure des sensations agréables. On en vend à tous les coins de rue. Il a forcément voulu l'essayer sur lui-même et c'est peut-être même la marque d'un bon médecin.

Mary fut étonnée par cet argument, mais apprit, à cette occasion, que les bouteilles de laudanum circulaient partout, même dans les classes populaires. Une femme ne pouvait pas se promener seule dans certains quartiers de la ville. Elle prit très vite l'habitude de les éviter.

Les Rutherford n'étaient pas très riches, mais se devaient de maintenir les apparences et de vivre sur un certain pied. Ils étaient reçus par des marchands et des propriétaires, fiers de compter un célèbre professeur d'université parmi leurs relations. Mary découvrit ainsi, à la campagne, une autre face sombre de la prospérité de l'Empire britannique. Elle s'aperçut par hasard que les ouvriers agricoles étaient parqués dans des lotissements temporaires parsemés sur les terres des grands domaines. La misère est moins visible et moins dérangeante dans les champs et sous des arbres, nimbée par les traditions séculaires du monde paysan. Mais les Rutherford venaient de familles de pionniers des colonies. Ils connaissaient parfaitement la gestion d'une exploitation agricole. Ils furent très étonnés de constater qu'en Nouvelle-Zélande, les ouvriers étaient mieux traités que dans la métropole. Ernest Rutherford avait fini ses études universitaires à Cambridge, mais ce n'était pas vraiment la campagne. De toute façon, il était beaucoup trop occupé alors par son travail de thèse pour regarder autour de lui. C'est en arrivant à Manchester qu'il commença à comprendre comment fonctionnait son pays d'adoption.

En ville, le dénuement du petit peuple atteignait des proportions insupportables à voir. Même les bourgeois qui profitaient le plus d'une main-d'œuvre nombreuse et corvéable à merci détournaient les regards devant ce spectacle. Manchester avait connu les émeutes de la pauvreté, durement réprimées par une charge de cavalerie qui fit beaucoup de morts. On parlait encore du massacre de Peterloo, commémoré par une simple plaque sur le lieu de la tragédie. C'était l'Angleterre de George Orwell et de Karl Marx.

Au milieu de ces malheurs, les ingénieurs luttaient pour changer le monde. Le pragmatisme de Manchester s'opposait à la prétention intellectuelle de Londres. Les collègues de Rutherford racontaient encore comment un obscur ingénieur des mines, du nom de Stephenson, avait proposé les premiers chemins de fer. Le gouvernement, ne comprenant pas le projet, avaient demandé conseil aux grands savants de la Royal Society à Londres qui rejetèrent avec mépris la proposition d'un inconnu : les locomotives seraient incapables de tirer de lourds wagons de passagers. Les roues en acier lisse patineraient forcément sur les rails. Or ces académiciens ne savaient même pas que des locomotives tiraient déjà sans difficulté des trains chargés d'énormes quantités de charbon dans les mines. Cette histoire faisait encore beaucoup rire à Manchester aux dépens des savants et du gouvernement de

Sa Majesté, alors que tout le pays se couvrait de voies ferrées grâce à l'un des plus célèbres inventeurs de la région du Lancashire.

Les Rutherford, qui appartenaient à la catégorie un peu hors jeu des intellectuels, toujours tenue un peu à l'écart de la hiérarchie sociale, furent frappés de constater que le peuple et les riches industriels ou commerçants se côtoyaient mais sans se mélanger. Quant à la plus haute sphère de la société, celle des grands propriétaires terriens, ils eurent quelquefois l'occasion de l'apercevoir, mais de loin. Elle restait confinée dans des châteaux à la campagne entourés d'immenses étendues verdoyantes qui les tenaient à l'abri des regards. C'est d'ailleurs encore le cas en Angleterre, pays qui n'a jamais connu de véritable révolution.

Tel était le contexte dans lequel Rutherford débarqua du Canada avec, dans ses valises, les premiers résultats de ses expériences sur le thorium. Il apportait, dans un monde en pleine ébulition technologique, une autre forme d'innovation qui, elle aussi, était capable de tout transformer.

Dans cette ville au passé industriel prestigieux, allait naître une science pratique, empirique mais fondamentale, qui accorderait une place à la théorie mais saurait parfois la dépasser pour s'affranchir des spéculations oiseuses. Il allait jeter les bases de l'empirisme anglo-saxon. Le Vice-chancelier de l'Université de Manchester avait, sans s'en rendre compte, changé le cours de l'histoire en nommant ce nouveau professeur.

Il était parfaitement logique que la chaire de science expérimentale fût attribuée au jeune et brillant professeur de l'Université McGill de Montréal. C'était même dans l'ordre des choses. Ses travaux sur la radioactivité révolutionnaient déjà la science. Ils mettaient en évidence les conséquences de la radioactivité découverte par Monsieur Becquerel. La destinée du jeune chercheur néo-zélandais s'accordait parfaitement avec le réalisme puissant de la ville de Manchester. Son audace et son génie avaient trouvé un cadre parfait.

Il n'arrive pas souvent qu'une telle harmonie se manifeste. Les sciences en ont besoin, autant que la poésie, mais le sort ne leur est pas souvent favorable.

Rutherford apportait une rigueur nouvelle dans l'expérimentation qui devait marquer pour longtemps la recherche dans le monde entier. En peu de temps, par des travaux impressionnants de clarté, il s'imposa comme le rival anglais des époux Curie, avec lesquels il ne cessa de rivaliser.

Cependant, sa démarche avait une particularité qui fut parfois une faiblesse. Son hostilité aux grands développements théoriques le privait d'un complément important. Il débarquait en explorateur dans un nouveau domaine, mais avançait sans carte, guidé surtout par sa merveilleuse intuition. Parfois, il lui arrivait d'hésiter entre deux chemins différents. Il consultait volontiers les théoriciens, mais ne se laissait pas trop influencer, car sa méthode restait d'interroger plus directement la nature.

Il sentait bien le talent des uns et des autres, discutait volontiers avec d'illustres étrangers, comme le jeune Niels Bohr dont il appréciait l'originalité, mais il se méfiait aussi des idées trop radicales. Son approche était un mélange de flair et de bon sens. Par exemple, les idées générales sur la cosmologie lui semblaient particulièrement stupides :

- Que je ne prenne personne à discourir de l'univers dans mon laboratoire ! s'exclamait-il parfois.

Dans son esprit, la théorie ne devait pas sortir d'un rôle très limité. Elle devait guider mais non dominer la recherche. En réalité, il ne croyait qu'à ce qu'il apprenait directement d'une expérience. La spéculation extrême le rebutait. Cette prudence l'obligeait à rester en-deçà de certaines audaces.

Ainsi, la nouvelle mécanique dont il avait pourtant trouvé les ressorts essentiels fut formulée par d'autres.

Chapitre 8

A Manchester, quand il rencontra Schott, Rutherford hésitait au bord d'une avancée spectaculaire qui était à portée de main mais qu'il ne parvenait pas à rendre cohérente : celle de l'atome planétaire. Le fond du problème, il le savait pertinemment, était celui de la stabilité du système. Pour qu'un atome planétaire existe, il faut que l'électron puisse tourner autour du noyau sans perdre son énergie cinétique. Sinon, l'électron à charge négative, attiré fortement par le noyau à charge positive, tomberait fatalement dessus et ne pourrait plus s'en détacher. Cette catastrophe, comment l'éviter ?

Rutherford, qui avait lui-même travaillé sur les ondes électromagnétiques en Nouvelle-Zélande et au début de son doctorat à Cambridge, sentait bien le rapport intime entre le mouvement des charges et le rayonnement, implicite dans la théorie de James Clerk Maxwell. Même s'il ne maîtrisait pas lui-même les détails complexes du calcul pour l'orbite circulaire, il se doutait que la réponse se cachait quelque part dans les arcanes de cette théorie. Le développement mathématique élaboré par Maxwell est d'une grande beauté mais nécessite, pour en déduire correctement toutes les conséquences, un talent de mathématicien que Rutherford ne possédait pas.

George Schott arrivait donc à un moment très opportun. Ce grand théoricien, dont la spécialité était justement l'étude du rayonnement électromagnétique, allait sûrement l'aider à résoudre cette difficulté. Il l'accueillit donc initialement comme un sauveur. Au fond, Rutherford était sûr, d'abord de le convaincre, puis de l'absorber dans son équipe de recherche pour le mettre en avant comme atout formidable dans ses polémiques contre les partisans du modèle atomique de Thomson. En fait de preuves, Rutherford estimait avoir déjà fait les deux tiers du travail. Il lui manquait seulement un théoricien de cette force, capable d'interpréter et d'adapter de belles équations provenant de l'œuvre de Maxwell. Il fallait un élégant formalisme autour de son atome planétaire, sans lequel il est toujours difficile d'être pris au sérieux en tant que physicien. On n'imagine pas l'importance de l'esthétique dans ce domaine.

- Ce sera peut-être Schott, se dit-il. En tout cas, il a toutes les compétences nécessaires pour me construire une théorie de l'atome planétaire qui viendra corroborer mon travail expérimental. C'est la Providence qui me l'envoie.

Il le surprit un jour dans un coin de la bibliothèque de l'Université et lui proposa une question essentielle : pourquoi ne pas écrire un article sur les propriétés de l'électron en orbite circulaire, celles que Maxwell ne soupçonnait pas et qui permettent la stabilité de l'atome?

George Schott l'écouta attentivement jusqu'au bout, en homme qui en sait toujours beaucoup plus qu'il ne dit, car il pratiquait à la perfection la réserve britannique.

- Je sentais bien, lui répondit-il enfin, que cette idée vous trottait dans la tête. Vous m'en aviez déjà parlé en termes couverts. Bien sûr, je lis vos articles et je connais les conclusions que vous tirez de vos observations. Mais vous allez malheureusement vous heurter à une objection fondamentale qui me paraît très difficile à surmonter. Un électron qui tournerait autour d'un noyau positif, comme vous le décrivez toujours, est forcément soumis à une accélération. C'est finalement de la dynamique élémentaire, comme pour la planète de Newton en orbite autour du soleil. Voilà le problème. Je ne vois pas du tout quelle solution je pourrais trouver pour vous tirer d'affaire.

- Et si ce n'était qu'une impression ! s'exclama Rutherford. Souvent, il faut débusquer la vérité pas à pas. Or, ce chemin, personne ne l'a suivi jusqu'à présent. Pourquoi appelez-vous ça une objection fondamentale ?

- Pour une raison des plus simples, répondit Schott. C'est un théorème essentiel de notre grand Maxwell : toute particule chargée soumise à une accélération émet forcément du rayonnement. Votre électron perdra ainsi son énergie cinétique et finira par tomber dans le noyau où sa charge sera anéantie à l'instant. C'est inévitable. Il n'y a pas d'autre possibilité. Le modèle que vous proposez n'est pas stable. Je crains que votre atome ne puisse exister. C'est contraire à trop de principes fondamentaux.

- Et pourtant, dit Rutherford, contrarié, moi, je sais qu'il existe. Vous autres théoriciens, vous êtes toujours sûrs de tout savoir. Vous étudiez la nature de loin. Je m'y confronte, moi, tous les jours et je vois ses forces à l'œuvre. La réalité, je la connais mieux. Je la mesure.

- Mettez-vous en doute la théorie de Maxwell ? dit Schott, stupéfait.

- Non pas, dit Rutherford. Evidemment, je ne me le permettrais pas. Mais je pense malgré cela que votre déduction est fausse. Voilà tout. Il doit y avoir une erreur quelque part. Pardonnez-moi, mais vous avez dû oublier quelque chose. Peut-être est-ce une question de symétrie. L'atome est sans doute incapable de rayonner à cause de sa forme. Vous n'avez pas trouvé la bonne configuration.

Etes-vous bien sûr que toutes les distributions de charge possible doivent forcément rayonner ? Il en existe peut-être une qui ne rayonne pas. Reprenez en détail votre raisonnement. Etudiez donc le vecteur de Poynting, puisque c'est lui, dit-on toujours, qui détermine le transport de l'énergie par le rayonnement.

En tant qu'ancien de Cambridge, Rutherford avait appris à respecter Maxwell comme un des dieux tutélaires de la physique. Il n'osait pas affronter directement une objection si solidement charpentée. En abordant Schott, il savait par de nombreux collègues qu'il avait affaire au spécialiste le plus respecté de ce domaine dans tout le royaume. Il essaya donc de biaiser.

- Ecoutez, dit-il enfin à Schott, nous ne sommes pas d'accord sur un point, mais le débat est ouvert. Donc, je vous demande, non pas un raisonnement de généraliste où vous me parleriez de théorèmes et d'accélérations d'une manière fumeuse. Prenez le cas précis que je vous propose : un noyau et un électron qui tourne autour, sur l'orbite circulaire la plus simple, et calculez déjà comment se comporte le rayonnement dans ce cas particulier, en utilisant toutes les équations que vous voudrez. Je vous dis, moi, qu'il ne doit pas rayonner. Si vous trouvez qu'il rayonne, c'est que votre théorie est nécessairement fausse.

- C'est bien, dit Schott. J'accepte le défi. En tout cas, je vous composerai un petit traité sur ce cas particulier, en vous expliquant par le détail comment fonctionne l'accélération et ce qu'elle implique comme conséquences inévitables. Je vous mettrai en équations votre atome planétaire et vous verrez par vous-même qu'une perte continue d'énergie par rayonnement est la conséquence nécessaire de votre modèle.

- C'est ce que nous verrons, dit Rutherford. Mais pas à coup de théorèmes généraux. Je veux que vous me calculiez ce cas précis et rien d'autre. Après tout, Newton a déjà résolu le problème pour une planète et un soleil. La configuration que je vous propose est tout aussi simple. Il doit exister une solution exacte, peut-être même une formule toute bête que vous allez trouver.

- Absolument, acquiesça Schott. Le problème tel que vous le décrivez possède sûrement une solution. Elle sera un peu plus complexe que le problème de Newton à cause du champ magnétique mais, en principe, cela ne devrait me poser aucun problème car je dispose d'une théorie générale parfaitement établie.

- Eh bien, dit Rutherford, dans ce cas nous sommes bien d'accord. Faites votre travail de théoricien et revenez me trouver quand vous aurez suffisamment avancé pour démontrer ce que vous dites. Une bouteille de whisky à qui gagnera !

Le pari fut conclu entre eux, et Schott fut content d'avoir enfin pu convaincre Rutherford d'écouter les arguments d'un théoricien. Rutherford, de son côté, estima avoir obtenu ce qu'il voulait de Schott sans céder un pouce de terrain à propos de son modèle. George Schott allait désormais travailler sur ce problème, faveur qu'il n'avait pas osé lui demander jusqu'alors. Lui aussi fut content de ce qu'il prit pour un premier succès : la démarche, il en était sûr, se solderait par quelque nouvelle découverte, une avancée qui permettrait à l'atome planétaire de ne pas rayonner pour une raison que nul ne comprenait encore. Il avait confiance. Schott la trouverait.

Si le débat n'avait eu lieu qu'avec Schott, la situation aurait été plus simple. En fait, Rutherford devait se battre sur plusieurs fronts. La communauté scientifique flairait l'occasion de le prendre en défaut, d'autant plus qu'elle soupçonnait, dans son modèle atomique, quelque contradiction cachée qui le mettrait en difficulté.

Rutherford et Marie Curie échangeaient fréquemment des lettres. Malgré ses propres sentiments, parfois ambigus, sur la capacité d'une femme à conduire un programme de recherche indépendant, le Néo-Zélandais reconnaissait que les jugements de Marie, toujours tranchés, apportaient une contrepartie intéressante. Aussi, en dépit de la concurrence qui les opposait parfois, la consultait-il souvent. Derrière elle, se cachait Pierre Curie dont il respectait davantage les objections. Comme les Curie s'intéressaient moins à la structure atomique qu'à la radioactivité, il n'hésita pas à leur confier qu'il progressait dans ce domaine et à leur révéler quelques unes de ses idées novatrices sur l'atome planétaire. Il l'avait prévu : Marie, toujours critique, lui répondit sans ménagement.

Il est possible, lui écrivit-elle, *que vous ayez raison, mais je ne suis pas tout à fait convaincue. Vous citez toujours le modèle 'currant bun' ou 'plum pudding' de Thomson comme celui qui s'opposerait le plus naturellement au vôtre, parce que vous voyez tout à travers les yeux de votre école de Cambridge. Mais il y a bien d'autres précédents. Vous oubliez en particulier Jean Perrin, qui avait proposé il y a bien longtemps l'idée d'un atome semblable au système solaire. Votre modèle n'est donc pas du tout le premier. Et puis, il en existe encore bien d'autres. Le rival allemand de votre Thomson, Philipp von Lenard, par exemple, a émis l'idée des 'dynamides' selon laquelle les électrons évoluent non pas isolément, mais couplés chacun séparément avec une charge positive. Je sais bien que ce vilain Monsieur, le monstre de Heidelberg, vous est insupportable (comme à moi d'ailleurs) malgré son prix Nobel, et je partage votre opinion sur lui en tant que personne, mais il a quand même des idées scientifiques dont il faut tenir compte, car il n'est pas idiot comme physicien. De son côté, Hantaro Nagaoka, au Japon, a imaginé un modèle plus détaillé qui ressemble un peu au vôtre. Selon lui, les charges positives sont également concentrées dans un noyau et les électrons sont distribués autour dans un seul plan comme les anneaux de Saturne. Enfin, vous avez aussi les 'archions', ces petits aimants inventés par Johannes Stark disposés en colliers circu-laires, de manière à ce qu'ils ne puissent rayonner en tournant. Et puis j'en oublie un : c'est le modèle des élec-trons étendus de votre compatriote George Schott que, bizarrement, vous ne citez pas, alors qu'il est, comme vous, de Cambridge. Ne le connaissez-vous pas ?*

Rutherford fut un peu vexé par cette pluie de remar-ques, qui semblait presque mettre en doute sa bonne foi. Dans sa réponse, sur un ton légèrement aigre, il tenta de mieux préciser ses relations avec le mathématicien George Schott. Il fit remarquer à Marie Curie qu'effec-tivement, lui et Schott avaient tous les deux étudié à Trinity College. Cependant, ils ne s'étaient pas connus pendant leurs études, n'étant pas de la même promotion. Depuis, ils avaient sympathisé et, oui, ils se fréquentaient, mais Schott enseignait à Aberystwyth, en province, dans le pays de Galles à plusieurs heures de chemin de fer de Manchester et du Yorkshire, voire même à toute une journée de voyage. De plus, Rutherford adhérait à la description de l'électron donnée par Joseph John Thomson qui ne s'était sûrement pas trompé, au moins sur ce point : une particule toute petite et très légère. Aucune expérience, ajouta-t-il dans la marge après réflexion, ne permet d'affirmer qu'il soit *étendu*. Et les expériences de Phillip von Lenard dont vous parlez, tout comme celles de JJ Thomson, démontrent d'ailleurs parfaitement qu'il s'agit bien d'une particule qui passe sans encombre par de minuscules orifices. L'électron est forcément tout petit.

Mais Marie Curie ne s'avoua pas vaincue et revint à la charge.

Admettez quand même, lui répondit-elle, qu'il n'y a pas seulement le modèle 'currant bun' de Thomson. Votre propre expérience de diffusion des particules alpha démontre quelque chose de précis au sujet de la concentration des charges positives, je vous le concède, mais elle ne suffit pas à elle seule pour écarter absolument toutes les hypothèses proposés précédemment. En particulier, les idées de Jean Perrin et de Hantaro Nagaoka, je persiste à vous le dire, me paraissentt plutôt compatibles avec les vôtres. Vos expériences ne les écartent pas...

Rutherford se demanda un moment s'il avait bien fait d'engager la discussion avec une femme. Il la trouvait encore une fois (ce n'était pas la première) particulièrement obstinée. Ce trait de caractère, qu'il lui reprochait souvent, avait permis à Marie de travailler sans faiblir pendant de longues heures dans des conditions effroyables comme tout le monde le sait mais, dans un débat d'idées, sa force de caractère devenait plutôt un inconvénient car Marie s'engageait toujours dans le sens contraire à celui de son interlocuteur et semblait ne jamais vouloir céder. Enfin, Rutherford tenta une deuxième fois de se faire comprendre. Il nota au verso de la lettre qu'il avait reçue quelques arguments supplémentaires :

Les exemples que vous donnez ne sont pour la plupart que des théories sans fondement réel, parfois

*même de simples visions de l'esprit. Le modèle de Jean
Perrin ne va pas très loin. Votre philosophe Blaise Pascal
avait déjà dit plus ou moins la même chose dans une
fameuse page sur les cirons. James Jeans a examiné
toutes les hypothèses dont vous parlez. Il démontre assez
clairement par une analyse dimensionnelle très astucieuse
qu'elles n'aboutissent à rien car on ne peut pas en tirer
une fréquence quelconque, ce qui serait nécessaire pour
expliquer le rayonnement atomique observé par Fraun-
hofer. Jeans en a conclu qu'il faudrait un nouveau modèle
capable de rendre compte de la structure stable que j'ai
trouvée et, en même temps, des propriétés du rayonnement. Un tel modèle doit aussi être étayé par de réelles
observations expérimentales. Sinon, ce serait une perte de
temps, simplement de la <u>philatélie</u>.*

Rutherford pensait avoir mis ainsi un point final à cet
échange. Pour lui, la collection de timbres poste, était le
comble de l'inutilité et l'activité la plus futile possible.
Quand il l'évoquait, c'était pour couper court à toute discussion supplémentaire. Mais c'était aussi méconnaître la
persévérance de Marie, de qui il reçut quelques jours plus
tard la réponse suivante :

*Je me demande si vous ne méprisez pas un peu trop
la théorie. Vous devriez lire l'article de Paul Ehrenfest,
qui décrit une approche très générale. Il prétend qu'il est
possible de construire des distributions de charges et de
courants conformes à la théorie électrodynamique de
Maxwell mais qui, cependant, tournent autour d'un centre
sans rayonner. On expliquerait ainsi la stabilité des
atomes. En fait, il propose un nouveau théorème que
toutes les distributions tournantes doivent satisfaire pour
ne pas rayonner. Parmi tous les assemblages possibles de
charges et de courants, il doit bien en exister un qui serait*

conforme à vos observations. Ce serait celui de l'atome. Voilà ce que vous devriez chercher à la place de votre atome planétaire.

Rutherford ne répondit pas à cette injonction. Il connaissait l'article dont parlait Marie Curie et l'avait déjà jugé trop compliqué pour être utile. C'était encore et toujours la même difficulté. Les auteurs qui présentaient des idées trop générales dans un formalisme mathématique trop sophistiqué ne lui plaisaient pas du tout. Pour être convainquante à ses yeux, il fallait non seulement qu'une théorie fût simple mais qu'on puisse en dégager l'essentiel pour l'expliquer à des non-spécialistes en peu de mots. C'était son *leitmotiv* :

- Ce théoricien allemand que cite Marie est sans doute très malin, se dit-il, mais j'ai trouvé ses écrits inintelligibles. La nature aime la simplicité plus que les théorèmes abstraits. Je doute fort qu'elle suive ce chemin, même s'il plaît aux mathématiciens. Je redemanderai à Schott ce qu'il en pense.

Comme Eileen était assise à côté de lui et qu'il avait besoin de parler, il lui expliqua en peu de mots ce nouvel échange avec Madame Curie et lui raconta que cette dernière soulevait des objections à son travail en citant des articles japonais, allemands et français.

- Tu vois, ajouta-t-il en guise de conclusion, la recherche est parfois bien désagréable. Ce sont des discussions interminables où chacun s'imagine avoir raison.

Eileen fut très étonnée d'être prise à témoin par son père. Elle apprit à cette occasion qu'ailleurs dans le monde, et même dans des pays lointains, les hommes (et, singulièrement, toujours la même femme) se posaient des questions identiques à celles dont on discutait chez eux tard dans la nuit. Ce fut assez déstabilisant pour elle. Son univers intellectuel avait la forme d'un triangle : Manchester, évidemment, Montréal, où travaillaient encore des collègues de son père et puis Cambridge, naturellement, la Mecque des physiciens puisque tous les grands chercheurs venaient y étudier. Bien sûr, il y avait aussi ce Paris mystérieux qui jouait aussi un certain rôle puisque la radioactivité avait été découverte dans le tiroir de Monsieur Becquerel, mais Paris était étrangement absent de son imaginaire : elle espérait toujours l'éviter. Elle ne comprit rien aux objections que faisait Marie Curie à son père, mais elle retint cette constatation, nouvelle pour elle : il se passait des choses importantes ailleurs dans le monde. Elle apprit à cette occasion que son ami George Schott avait émis des idées et qu'elles n'étaient pas sans importance, puisque Madame Curie les avait citées. Enfin, elle s'étonna encore qu'une femme tienne tête à son père dans une discussion scientifique, ce qui lui parut assez prétentieux de sa part ou, pour tout dire, inconvenant et pas du tout féminin. Cette Madame Curie, finalement, que tout le monde mettait sur un piédestal, avait un côté déplaisant. Une dame bien élevée aurait trouvé une façon plus polie d'exprimer un avis que, d'ailleurs, il était d'assez mauvais goût de présenter dans ses lettres comme le sien. Elle aurait dû l'attribuer à un autre. Eileen ne se l'avouait pas, mais ce quelqu'un d'autre aurait dû être un homme.

Eileen avait été bien élevée par ses parents.

Plus tard, quand il fut question de la relation compromettante entre Marie Curie et Paul Langevin, Rutherford hésita un peu avant de réagir. Il évita, bien sûr, d'évoquer un sujet aussi épineux devant Eileen, car les idées de

95

l'époque ne le permettaient pas. Comment fallait-il faire ? Devait-il cesser d'écrire à sa collaboratrice et concurrente scientifique? Malgré sa sympathie naturelle pour Marie Curie et son admiration pour son courage, il resta sur une certaine réserve. A son ami américain Boltwood, autrefois collègue à l'Université McGill, il osa même exprimer un jugement très négatif. Ils convinrent entre eux que Marie Curie n'avait finalement pas fait preuve de tellement d'imagination dans sa recherche. Elle devait surtout son succès, ils osèrent se l'écrire, à une grande persévérance dans un travail rébarbatif que personne n'aurait voulu faire à sa place. Elle avait beaucoup de courage – ce qui expliquait sa réussite – mais aucun vrai talent naturel. En définitive, pour Rutherford, la physique n'était pas un domaine de recherche approprié pour une femme. Il n'arrivait pas à dépasser ce préjugé. A une autre occasion, quand il rencontra Lise Meitner dans le laboratoire d'Otto Hahn, il se contenta de noter qu'elle n'était pas très jolie et que son directeur de thèse ne courait donc aucun risque à travailler auprès d'elle en laboratoire. De son aptitude scientifique, il ne fit même pas mention. Les capacités intellectuelles de la jeune fille ne le frappèrent pas.

Il avait la chance d'intéragir facilement avec Marie Curie, qu'il admirait pourtant à sa manière tout en la dénigrant, mais Rutherford gardait au fond de lui des traces de misogynie victorienne. Il dissimulait des sentiments qui ressortaient parfois dans sa correspondance.

Ce fut particulièrement clair lorsque Marie Curie fit paraître son *Traité sur la radioactivité*. Rutherford avait déjà écrit un livre portant presque le même titre. Il songeait justement à en donner une deuxième édition quand celui de Marie Curie lui parvint. Il en fut surpris et, d'ailleurs, abandonna son propre projet pour cette raison.

A cette occasion, il écrivit de nouveau au chimiste américain Bertram Boltwood, confident des pensées misogynes
sur Marie Curie, qu'il ne révélait qu'aux intimes: « *Quand
je lis son livre, j'ai presque l'impression de relire le mien
avec quelques petits ajouts en guise de remplissage qui
représentent les travaux de ces dernières années... La
pauvre femme a encore énormément travaillé. Elle nous a
fait un livre qui sera sans doute utile pendant un ou deux
ans, mais qui n'apporte pas grand-chose d'utile. Il
servira un peu aux spécialistes qui voudront s'épargner
l'effort de chercher toutes les références originales en
bibliothèque, mais son ouvrage sera vite dépassé et je me
demande d'ailleurs si ce sera, même pour elle, bien
productif...*»

Rutherford tolérait qu'une femme joue un rôle dans
les sciences, celui d'une ménagère qui se rendrait utile. Là
devait s'arrêter l'intrusion des femmes. Il savait bien que,
dans le monde, l'inutilité des poètes est souvent prise pour
preuve de leur noblesse. Comme il plaçait la physique au
même rang exalté que la poésie, l'obstination de Marie
Curie à trouver des applications à toutes les découvertes
lui paraissait symptomatique. Au sujet de la radioactivité,
il contrait : « *L'énergie produite par la désintégration de
l'atome est une bien pauvre chose. Ceux qui espèrent une
source nouvelle dans la transmutation des atomes ne sont
que des rêveurs.*»

A la différence d'Einstein qui acceptait sur un pied
d'égalité Marie Curie, affirmant haut et fort qu'on lui
devait une contribution pleine et entière en tant que
scientifique indépendante, Rutherford, comme Boltwood,
restait convaincu que le brillant esprit, le chercheur
accompli qui l'avait guidée pas à pas dans ses découvertes
était en réalité Pierre Curie. Sans lui, pensait-il, elle

n'aurait jamais progressé de manière aussi spectaculaire. Heureusement, Albert Einstein avait vu juste et son opinion finit par s'imposer.

Entretemps, malgré la désapprobation d'Ernest Rutherford, les applications médicales imaginées par Marie Curie prospéraient. Rutherford n'imaginait pas qu'un jour des Instituts du radium feraient florès un peu partout dans le monde. Pour lui, l'université pouvait parfois apporter des idées neuves à la société, mais devait rester à l'écart pour ne pas se rendre responsable des conséquences.

Chapitre 9

George Adolphus Schott aimait profondément son frère George Gustavus. Il avait rêvé qu'ils escaladeraient ensemble les plus hautes montagnes de la physique et des mathématiques. Au départ, tous deux avaient été reçus dans la prestigieuse école de Trinity à Cambridge. Son rêve semblait donc réalisable.

Mais les dieux en décidèrent autrement.

A mesure que George Adolphus progressait dans ses propres études, qu'il s'élevait dans ses connaissances et qu'il absorbait les ouvrages des grands théoriciens qui l'avaient précédé, il partageait ses enthousiasmes avec son jeune frère et pensait lui ouvrir la voie dans sa conquête du savoir. Et au début, ce cheminement leur apporta beaucoup de bonheur à tous les deux. On citait les frères Schott comme un exemple rare de tandem intellectuel, semblable à celui des deux frères Johann et Jacob Bernoulli. C'est qu'on attendait de leur collaboration familiale des avancées extraordinaires.

Cependant, si Adolphus ne cessait de progresser, Gustavus, lui, perdait peu à peu de son élan intellectuel. Sa motivation paraissait s'émousser, l'acuité de son jugement diminuait et son esprit devenait moins agile.

Au début, Adolphus mit cela sur le compte de la fatigue. Il pensa que son frère s'était épuisé, qu'il lui fallait du repos et qu'il s'en remettrait en se ménageant davantage. Jour après jour, il se rendit compte que son frère, qui lui ressemblait beaucoup au physique comme au moral, était atteint d'un mal incompréhensible qui amoindrissait progressivement ses facultés mentales.

Bientôt, il en vint à se demander s'il lui avait donné un bon conseil en lui parlant de repos. Gustavus appliqua à la lettre ce que lui prescrivait son frère, mais le résultat fut très différent de ce qu'Adolphus avait espéré. Au lieu de retrouver du tonus, il s'enfermait progressivement de plus en plus souvent dans sa chambre d'étudiant, s'y cloîtrait même pendant des heures entières devant un livre ouvert et, quand Adolphus revenait, il le trouvait toujours assis devant la même page, n'ayant apparemment pas progressé d'un iota dans sa lecture.

Au bout de quelques mois, voyant son état empirer, Adolphus s'alarma sérieusement et, jugeant qu'il ne pouvait plus tenir secret le problème, s'en ouvrit à l'un des professeurs de Trinity en lui expliquant discrètement que son frère n'allait pas bien. Ce professeur avait une longue expérience de l'enseignement des mathématiques à très haut niveau et ce cas lui en rappela d'autres.

- J'ai déjà connu quelques exemples de ce genre, dit-il. Parfois, les sujets s'en remettent. Si vous avez de la chance, il s'en tirera, mais ce n'est pas certain.

D'un côté, Adolphus, fut ennuyé d'avoir révélé ce qu'il avait caché pendant de longs mois mais, d'un autre, il fut soulagé qu'une personne plus compétente que lui prît la relève. Vu le petit nombre d'étudiants à Trinity et leur qualité, il s'agissait bien d'une élite au niveau national. Leur bien-être était primordial, et les professeurs étaient aux petits soins pour eux. La décision, dans le cas de Gustavus, ne fut pas prise à la légère. Malgré tout, au bout de quelques mois, il apparut clairement que l'université ne pouvait rien de plus pour lui. Il était nécessaire de le renvoyer dans sa province où sa famille en prendrait soin.

Adolphus savait bien ce que cela voulait dire. Son frère, bien sûr, ne serait pas abandonné par les siens, qui avaient largement les moyens de s'occuper de lui, mais il retrouverait les fumées toxiques de Bradford auxquelles ils s'étaient promis tous les deux d'échapper pour ne plus jamais y revenir.

Pour ne pas interrompre Adolphus dans son travail à un moment critique, leur père fit le voyage de Bradford à Cambridge. Il vint chercher George Gustavus pour le ramener dans le Yorkshire. Adolphus avait conscience qu'il venait de perdre son double, un compagnon de route qui aurait cheminé à son côté. Il devait l'abandonner par la force des choses à son déclin mental. Il en ressentit une culpabilité qui lui revenait régulièrement à l'esprit. Il ne cessait d'imaginer son frère emprisonné de nouveau dans Bradford, victime de l'atmosphère des usines.

Longtemps, Adolphus rêva la nuit que son frère l'accompagnait encore, qu'il le retrouvait, qu'il lui expliquait comme auparavant ce qu'il venait d'étudier et d'apprendre. Même des années plus tard, il rêva que son frère revenait guéri, mais, chaque fois, il se réveillait seul. De temps en temps, il recevait des lettres de sa famille, mais les nouvelles n'étaient pas bonnes. L'état de Gustavus empirait lentement mais sûrement. Les symptômes observés à Cambridge s'aggravaient encore. Il reconnaissait les siens, mais devenait incapable de réflexion, ne parlait presque plus et ne sortait plus qu'accompagné. Son état devint peu à peu si préoccupant qu'il fut question de le placer dans une institution, mais les conditions à l'époque étaient si lamentables que sa propre famille ne put s'y résoudre. Pour Adolphus, cette expérience fut très douloureuse. Elle le confirma dans une solitude dont il avait du mal à sortir. Parfois, il se demandait si la maladie de son frère ne finirait pas par l'atteindre lui aussi et si la réalité du monde lui serait toujours accessible. Gustavus, pour lui, avait été plus qu'un frère, une sorte de double, de mathématicien jumeau. Il n'avait pas prévu qu'il devrait un jour poursuivre son chemin sans lui.

D'autre part, il n'osait pas en parler autour de lui. Il avait peur que les autres le considèrent comme un être fragile, risquant à tout moment de basculer dans la démence. Il avait entendu parler d'une forme de folie d'origine génétique. On l'avait observée dans quelques familles royales allemandes, les Hesse-Darmstadt et les Wittelsbach. Il n'était pas éloigné de croire que la maladie de son frère pourrait être, elle aussi, héréditaire, ce qui, par moments, l'angoissait.

Il avait déjà tendance à ne rien raconter de ce qui le tourmentait profondément. L'histoire de son frère Gustavus, en créant une nouvelle barrière entre lui et son entourage, ne fit qu'augmenter cette réserve.

Chapitre 10

Au-delà du fait que les mathématiciens n'ont parfois aucun sens des réalités, il peut paraître étrange qu'une sommité comme l'était devenu George Schott soit allé s'enterrer dans une petite ville de province comme Aberystwyth, dont le nom est déjà si compliqué à écrire que peu d'Anglais en retiennent l'orthographe. Or, il y avait une bonne raison pour ce choix. C'était plus qu'une simple excentricité de sa part.

La petite ville d'Aberystwyth est l'une des plus isolées du Pays de Galles. Pour le constater, il suffit de demander où sont les villes voisines les plus importantes : Swansea est à 89 km au sud, Shrewsbury, à 100 km vers l'est, Wrexham, à 101 km vers le nord-est et la capitale du pays de Galles, Cardiff, est à 122 km. Plus important pour Schott, qui devait quand même se déplacer pour son travail, Londres est à 290 km d'Aberystwyth. S'installer dans une ville aussi perdue, c'était se condamner à une sorte d'exil intellectuel, choix étonnant pour un jeune mathématicien ayant fait de brillantes études à Trinity College, sorti Major des examens de Cambridge.

L'explication, il faut la chercher dans l'enfance de Schott. Il avait vécu dans la suie et la poussière, dans une ville où les enfants d'ouvrier mouraient jeunes. Il restait fragile et consultait souvent les médecins. Toute sa vie se passa dans l'obsession de respirer un air propre. Il lui arrivait même de rêver aux fumées toxiques se déversant de nouveau sur les habitations. A cause des séquelles de son enfance à Bradford, les médecins étaient unanimes :

- Surtout, évitez de retourner dans le Yorkshire. Votre espérance de vie serait raccourcie. Allez vers un endroit où l'air est pur, peut-être vers la côte Ouest, d'où vient le vent de la mer qui vous apportera la santé.

Or, à l'époque victorienne, Aberystwyth, sur le bord de mer, était parfois surnommée le Biarritz du Pays de Galles. Derrière cette exagération, il y avait quand même une réalité : cette ville, exposée aux tempêtes venues de l'ouest et au grand air de l'océan, était à des centaines de kilomètres de toute activité industrielle, ce qui, pour George Schott, était essentiel.

En plus, une ligne de chemin de fer récente (la Cambrian railway) reliait Aberystwyth au reste du monde depuis les années 1870, par les villes de Machynlleth et Carmarthen. De gros efforts de construction d'un bord de mer accueillant attiraient une activité touristique impor-tante pour une si petite ville et des rêves de grandeur s'emparaient des esprits. De cette époque, datent de belles villas le long de la côte et quelques résidences secondaires très agréables. Un spéculateur fou s'était imaginé faire fortune en finançant la construction d'un hôtel gigantesque, le '*Castle Hotel*', projet si ambitieux que le bâtiment resta inachevé, car son promoteur fit faillite, ruiné par la crise boursière de 1865 avant même la fin des travaux. Le bâtiment demeura vide pour un temps, puis fut racheté à bas prix (dix mille livres sterling de l'époque) par une association qui militait pour la création d'une université locale. C'est ainsi, en 1872, que naquit le Collège Universitaire du Pays de Galles qui devint par la suite la nouvelle Université d'Aberystwyth. A sa fonda-tion, elle comptait seulement trois professeurs et vingt-six étudiants. La construction des bâtiments n'était pas encore terminée.

Pour George Schott, la création de cette université fut une planche de salut. Elle lui permit de fuir les émanations toxiques de la Révolution industrielle, dont il n'avait que trop souffert. Pour les autorités d'Aberystwyth, attirer un brillant diplômé de l'Université de Cambridge, c'était inespéré. Tout le monde fut donc heureux de cette nomination. George Schott avait trouvé le lieu idéal pour soigner ses bronches, un lieu de travail qu'il ne quitta dès lors que pour de longs voyages en chemin de fer vers Londres et Manchester. Il en revenait toujours fatigué, atteint de grippes et de bronchites, conséquences inévitables de la pollution des villes de l'intérieur. Au bout de quelques jours à Aberystwyth, il s'en remettait progressivement et remerciait en lui-même le médecin bien inspiré qui lui avait conseillé d'habiter au bord de la mer.

Le bâtiment de l'université était une sorte de folie simili-médiévale, un exemple du style victorien de l'école dite 'pittoresque'. Malheureusement, le bâtiment d'origine fut endommagé par un incendie dû à l'explosion d'une bouteille d'oxygène dans le département de chimie en 1885. Les conséquences furent si graves que l'université faillit fermer ses portes. Il fallut une souscription au Pays de Galles pour la sauver et la reconstruire en 1896.

C'est à Aberystwyth que Schott se mit au travail pour rédiger un mémoire sur le rayonnement émis par les électrons en orbite circulaire autour d'un centre de force. A mesure qu'il avançait, il s'aperçut de la beauté de ce problème, dont les détails ressortaient un à un, de plus en plus subtils les uns que les autres. Il comprit bientôt que ce rayonnement serait polarisé linéairement dans le plan de l'orbite, elliptiquement en dehors du plan et circulairement le long de l'axe de rotation. Ses pages se couvraient d'équations, toutes plus belles les unes que les autres, qu'il abandonnait à regret pour écrire des fragments de prose résumant les conclusions singulières qu'il parvenait à en tirer. Parfois, il se promenait en bord de mer et le cortège d'électrons l'accompagnait dans son esprit. Plutôt qu'un seul électron, il en imaginait maintenant plusieurs, disposés régulièrement à égale distance les uns des autres autour d'un cercle et tournant ensemble autour du centre. Il calculait la puissance du rayonnement émis, sa distribution angulaire et les détails de ses calculs révélaient une magnifique ordonnance de champs électriques et magnétiques prévue par la théorie du grand, de l'immense Maxwell. Il s'enthousiasmait pour ce problème et oubliait presque, en développant les solutions qu'il avait trouvées, qu'il allait détruire progressivement dans les esprits (du moins, le pensait-il) le modèle planétaire de son ami Ernest Rutherford.

A force de retourner cette configuration circulaire dans son esprit, il eut un jour l'idée d'y incorporer des propriétés qu'il avait apprises en étudiant les publications d'Albert Einstein. Ces articles étaient d'une très grande difficulté et, lui-même, il ne prétendait nullement tout comprendre de ce qu'il avait lu, mais les équations d'Einstein, elles, lui paraissaient simples et décrivaient un phénomène assez clair. Elles prévoyaient une compression de l'espace devant l'électron et une dilatation de l'espace derrière à mesure que sa vitesse approche de celle de la lumière. Schott eut donc l'idée que, peut-être, il serait pertinent d'imaginer des électrons tournant si vite autour du noyau de l'atome de Rutherford que la physique d'Einstein s'appliquerait. Il parvint à démontrer que, dans ce cas, la lumière émise serait concentrée dans un mince faisceau à l'avant de l'électron le long d'une tangente au cercle qui tournerait avec lui. La beauté de ce résultat le tint éveillé pendant trois jours et trois nuits. Il ne parvenait pas à se remettre de l'émotion d'une si merveilleuse découverte.

Au bout de quelques mois, son immense labeur fut terminé. George Schott partit pour Manchester avec une petite valise de papiers contenant une centaine de pages. C'était le manuscrit de son grand mémoire sur le rayonnement émis par des électrons en orbite circulaire.

Comme il l'avait promis à Rutherford, il l'apporta à l'Université pour le lui remettre personnellement. Le physicien prit peur en voyant le gros paquet de papiers que Schott déposa sur son bureau.

- Ne pouviez-vous pas faire un peu plus court ? lui demanda-t-il. Etes-vous sûr qu'il soit bien nécessaire d'entrer dans tant de détails ? Je dis toujours : quand une idée est bonne, on doit pouvoir l'expliquer à la serveuse d'un troquet. Si elle ne comprend pas, ce n'est pas la faute de la serveuse.

Schott accepta bien la boutade. Elle faisait partie du répertoire du maître et il l'avait prévue. Il n'en tint pas compte, n'accordant d'ailleurs aucune réalité à cette serveuse imaginaire. Dans ce cas, il aurait fallu en trouver une capable d'apprécier l'élégance de la théorie de Maxwell. Sans se démonter, Il choisit la plus belle de ses propres équations et la désigna au grand physicien. Mais Rutherford n'était pas d'humeur à en apprécier l'esthétique. Il fut dépité en feuilletant le nouvel ouvrage. Schott démontrait par une accumulation d'exemples que la théorie la plus élaborée de l'époque ne confirmait pas son intuition.

- Tout ce que je vous demandais, ajouta-t-il, c'est une

démonstration simple qui résumerait vos objections à mon modèle. Vous m'apportez à la place un long traité, mais j'ai bien peur, quand j'aurai fait l'effort de le lire de bout en bout, qu'il ne réponde jamais à ma question initiale.

- Vous verrez, répondit Schott, encore exalté malgré la fatigue du voyage. Vous m'avez proposé un très beau problème. En fait, il est tout à fait fondamental, mais il manquait dans le livre de Maxwell. J'ai trouvé toutes les propriétés les plus remarquables de ce rayonnement qui ne dépend que de constantes fondamentales. C'est très nouveau. Certaines de mes équations sont magnifiques et n'avaient jamais été écrites auparavant.

- Et mon atome planétaire ? dit Rutherford, impatient d'arriver à la conclusion. Rayonne-t-il, oui ou non ?

- Malheureusement oui, dit Schott. Lisez et vous comprendrez qu'il ne peut faire autrement sans compromettre les principes de base de toute la théorie de Maxwell. Mais cela, je vous l'avais annoncé au départ. Il faut bien accepter cette réalité.

Rutherford fronça le sourcil, mais ne voulut pas vexer Schott en refusant de lire son travail. A regret, il le prit et promit de l'étudier dès qu'il le pourrait.

Schott fut un peu déçu, lui aussi, car Rutherford, pourtant toujours si poli et si attentif aux autres, oublia cette fois de le remercier pour son immense travail.

Chapitre 11

Pendant la semaine qui suivit, Rutherford demeura d'assez mauvaise humeur. Lui, qui n'aimait pas les grands développements théoriques, se retira dans son bureau avec des liasses de papiers couverts d'équations et sembla très préoccupé par sa lecture.

Eileen, qui avait reçu la consigne inhabituelle de ne pas déranger son père, comprit aussitôt qu'il se passait quelque chose d'important. Elle le vit soucieux, d'humeur plus brusque que d'habitude avec elle, et ce changement de comportement l'intrigua. Quelques mots discrets échangés entre ses parents la mirent enfin sur la voie. Puis les propos assez durs que tint Rutherford sur l'arrogance des mathématiciens lui donnèrent la clé du mystère. C'étaient les écrits de Schott qui mettaient le feu aux poudres.

Elle jugea qu'il s'agissait sans doute d'une erreur de la part de son ami, mais elle eut peur, s'il ne présentait pas rapidement des excuses à son père, qu'il trouvât porte close à son prochain voyage. Voir cet homme qui était devenu son ami exclu du domicile familial aurait été pour elle un grand sujet de tristesse. Après quelques jours d'hésitation, Eileen eut une idée qui lui parut lumineuse. Il fallait lui écrire une lettre pour lui conseiller de faire la paix. Autrement, Adolphus risquait de ne rien apprendre de cette fâcherie et de ne pas comprendre non plus pour quelle raison il n'était plus le bienvenu.

Eileen chercha donc une jolie feuille de papier d'une couleur pastel agréable, aux bords effrangés comme on les faisait alors, avec une enveloppe assortie – un papier à lettre très féminin dont sa mère avait une provision mais ne se servait jamais. Avec beaucoup d'application, elle rédigea la lettre suivante d'une écriture fine et régulière :

Mon cher Adolphus

J'espère que vous me pardonnerez de vous écrire, mais je n'ai pas trouvé de meilleur moyen de vous mettre en garde. Vous avez écrit quelque chose qui a beaucoup contrarié mon père. Je ne sais pas de quoi il peut être question, mais mon père s'est enfermé dans son bureau pour lire et je sens qu'il n'est pas du tout content.

Vous savez combien il m'est agréable de vous voir ici pendant vos visites. Nos conversations me procurent beaucoup de plaisir. Je serais bien triste si vous ne veniez plus. Sans vous commander, je crois que vous devriez vous excuser auprès de mon père. Sinon, vous ne seriez peut-être plus le bienvenu dans notre maison et ce serait pour moi une grande déception.

Votre affectionnée

Eileen

Elle relut plusieurs fois sa lettre et, à la troisième lecture, rajouta juste un mot : *très* devant : *grande déception*. Puis, elle la cacheta, s'habilla comme pour la promenade et partit la confier à la poste voisine. Son cœur battait, car elle était bien consciente qu'une jeune fille de bonne famille n'écrit pas de lettres de ce genre, même à un ami, et elle avait peur de rencontrer quelqu'un qui lui demanderait des explications sur sa course. Fort heureusement, elle ne rencontra personne en route. Il faisait beau ce jour-là, et le ciel lui parut plus bleu que d'habitude sur le chemin du retour. Elle se sentit plus légère et même fière d'avoir accompli une démarche que son cœur lui avait dictée contre les conseils de la raison.

Ensuite, elle attendit une réponse. Elle connaissait l'horaire du facteur et guettait son passage. Elle dut attendre longtemps. En fait, Schott reçut la lettre très vite à Aberystwyth, mais fut embarrassé et se demanda pendant plusieurs jours ce qu'il pouvait bien lui répondre. Il comprenait tout à fait qu'Ernest Rutherford n'eût pas apprécié son traité. Le contraire eût même été surprenant. Bien sûr, il n'était pas concevable de s'excuser auprès de lui, comme le proposait Eileen, pour un raisonnement mathématique rigoureux construit dans les règles de l'art. Une telle démarche était impossible. D'autre part, il ne pouvait pas écrire chez elle une longue lettre à une jeune fille qui était presque une enfant. Ce n'était pas convenable. Et puis, de toute façon, que dire dans une telle lettre ? Il aurait fallu lui expliquer en quoi consistait le mémoire qu'il avait remis à Rutherford, pourquoi son père était contrarié, quels étaient les arguments de part et d'autre, etc., etc. C'était beaucoup trop long pour une lettre, très difficile à faire comprendre même à une adulte, plus difficile encore à écrire. Après quelques jours d'hésitation, Schott se décida quand même à répondre.

Il chercha une feuille de papier blanc toute simple et, en atténuant le plus possible la sévérité de son écriture de mathématicien, se contenta de ceci :

Très chère Eileen

Merci

Adolphus.

Ces mots lui parurent suffisants. Ils évitaient aussi quoi que soit de compromettant. Il avait trouvé la solution au problème qu'il s'était posé : comment répondre à une jeune fille qui prend sur elle d'écrire des mots où, malgré elle, percent des sentiments forts ? Les mathématiciens ont souvent l'habitude de s'exprimer laconiquement. Il eut donc l'impression d'avoir répondu à Eileen. Dans sa tête, sans doute, c'était vrai : il réagissait à quelque chose. Mais ce n'était pas la réponse qu'Eileen attendait à sa belle lettre pleine d'émotion, après avoir presque fait le premier pas. Elle fut donc, naturellement, très déçue.

Dans les faits, peut-être à cause de la lettre d'Eileen, Schott eut l'impression que ses relations avec Ernest Rutherford s'étaient refroidies. En réalité, ce n'était peut-être pas le cas, mais il est vrai que le patron, comme l'appelaient les autres, ne s'exprima pas non plus sur le mémoire de Schott et c'est peut-être aussi pourquoi il se sentit un peu mis à l'écart du cercle intime de ses amis.

Chapitre 12

En mars 1912, le jeune Niels Bohr quitta Cambridge où il était venu compléter sa formation, pour rejoindre le laboratoire de Manchester, dans lequel il choisit de poursuivre ses études à cause de la présence d'Ernest Rutherford. George Schott eut la douleur de constater que Rutherford transférait toute son attention sur ce jeune Danois, ne l'écoutait plus que d'une oreille distraite et semblait peu enclin à discuter de son mémoire. Il l'avait pourtant laborieusement construit pour réfuter d'une manière claire et précise toute notion d'atome planétaire. Il semblait que Bohr, pourtant très jeune, eût acquis la confiance de Rutherford qui se déclarait pourtant sceptique au sujet de nouvelles théories. Schott soupçonna un peu le patron de n'accepter comme théoriciens autour de lui que ceux qui partageaient ses propres idées. Il eut la nette impression que ce Niels Bohr n'était en fait qu'un jeune imposteur qui réussissait, en abondant dans son sens, à manipuler un vieux Professeur. Pour en avoir le cœur net, George Schott décida d'entreprendre le patron sur les conséquences du théorème d'Ehrenfest.

- Vous savez, lui répondit enfin Rutherford, qui devenait progressivement pour tout le monde le père de la physique nucléaire, vos déductions mathématiques sont très intéressantes, mais elles sont bien trop compliquées et je suis, moi, un homme simple. Je ne vois pas comment des théorèmes, si élégants soient-ils, pourraient empêcher l'atome d'être comme il est. Or, je vous dis qu'il est planétaire et, bien évidemment, il est stable. Que voulez-vous de plus ? Si vous cherchez à me prouver le contraire, vous devrez d'abord vous transformer en expérimentateur ou, tout au moins, m'expliquer par quelles mesures je pourrais confirmer votre opinion.

De fait, il n'est pas évident que Rutherford ait lu de bout en bout le grand travail de George Schott sur le rayonnement émis par des électrons en orbite circulaire. Par acquis de conscience, il communiqua ces résultats autour de lui aux théoriciens qui fréquentaient son laboratoire. Ceux-ci, même s'ils ne partageaient pas le point de vue de Schott, furent émerveillés par la qualité et par l'élégance de ses démonstrations. C'était, le premier traité sur le rayonnement électromagnétique émis par l'électron accéléré sur une orbite circulaire de rayon constant. On y apprenait qu'il fallait, pour maintenir l'électron dans cette situation instable, lui fournir de manière continue une énergie qu'il rayonnait aussitôt. C'était, pour Schott et pour bien d'autres, la mort de l'atome planétaire imaginé par Rutherford. Il était désormais, c'était prouvé, en contradiction pure et simple avec la théorie de Maxwell.

Rutherford ne voulait pas comprendre mais, en fait, avait parfaitement bien saisi la conclusion. Sans même feuilleter cet ouvrage très complet, il en avait compris toute la portée. Il savait, désormais, non seulement que Schott était hostile à son idée de l'atome planétaire, mais que cette idée risquait bien d'être fausse, puisque personne, même Rutherford l'iconoclaste, n'aurait osé mettre en doute la théorie de Maxwell. Du coup, il en déduisit, non seulement que Schott était passé dans 'l'autre camp', celui des opposants à ses idées sur l'atome, mais qu'il deviendrait forcément le général en chef de l'armée adverse, car il était seul parmi les théoriciens de cette époque à maîtriser aussi parfaitement les détails les plus subtils de la théorie de Maxwell.

Rutherford fit bonne contenance et accusa le coup. Cependant, il n'osa plus affirmer en public de façon aussi péremptoire que l'atome planétaire existe sans rayonner. Il évita même soigneusement ce sujet épineux et se contenta de transmettre le manuscrit de Schott à Niels Bohr, le nouvel arrivé, en lui signalant ainsi d'où viendrait probablement la plus forte opposition aux idées nouvelles. Ayant allumé une longue guerre entre deux factions de théoriciens, il se retira prudemment dans sa citadelle d'expérimentateur en évitant le plus possible de se compromettre davantage. Même, il redoubla de politesse envers George Schott, le remercia enfin (ce qu'il avait oublié de faire jusqu'alors) d'avoir préparé ce long rapport dont il n'avait lu qu'une petite partie, et l'invita de nouveau chez lui avec de vives manifestations d'amitié. Ce n'était pas de la duplicité : il éprouvait pour Schott une admiration sincère et ne souhaitait pas qu'un quelconque différent scientifique, aussi fondamental fût-il, portât atteinte à leurs relations personnelles.

Mais Rutherford n'avait pas que des amis. A Cambridge, surtout, beaucoup de jaloux avaient pour principal objectif dans leur vie universitaire d'empêcher le retour possible de ce Néo-Zélandais ambitieux et remuant. Ses manières trop rustiques, et sa voix tonitruante indisposaient ses collègues de l'université. Pire, sa célébrité inquiétait sérieusement la concurrence. Pour les adversaires de Rutherford, le mémoire de Schott sur le rayonnement des électrons tombait à point nommé. Evidemment, si Schott avait raison, c'était l'occasion rêvée. Certains insinuèrent discrètement que le prétendu grand homme avait peut-être tort. Ce mémoire impressionnant, sans même prêter à polémique, en apportait la preuve pour les véritables initiés. Il se monta aussitôt une cabale pour célébrer à Cambridge l'œuvre de cet ancien de Trinity College, le mathématicien d'Aberystwyth. On se concerta pour savoir comment fêter une avancée aussi importante. Il fut décidé de lui attribuer un prix alors très en vue à l'Université de Cambridge, même s'il est peu connu à l'extérieur : le prix Adams. C'était d'autant plus approprié que ce prix, nommé en mémoire de John Adams, rival de Le Verrier à la découverte de la planète Neptune, avait eu, parmi ses récipiendaires dans le passé, James Clerk Maxwell en personne. On ne pouvait rêver une reconnaissance plus juste. Le mémoire de Schott fut donc publié par la prestigieuse *Cambridge University Press* avec l'annonce de ce prix sur la page de garde, ce qui lui donnait encore bien plus de poids pour les détracteurs du Néo-Zélandais. Rutherford, de son côté, en reçut quelques exemplaires, l'un d'entre eux communiqué naïvement par son auteur, sans malice aucune, et d'autres, pour des raisons peut-être moins avouables, en signe d'hostilité.

Un exemplaire en surnombre fut envoyé à Marie Curie par Rutherford, avec une aimable dédicace, peut-être pour lui signifier l'existence d'une opposition au modèle planétaire. Après tout, le modèle de Jean Perrin, avec son cortège d'électrons tournant aussi comme des planètes autour d'un soleil allait faire face à la même difficulté. Mais, cette fois, Marie Curie, déjà malade, n'eut ni l'énergie, ni le temps de s'occuper à lire un grand traité plein de déductions mathématiques élégantes, certes, mais complexes. Elle fit déposer le traité de Schott dans la bibliothèque de l'Université de Paris, où il mena une vie solitaire et fut vite oublié, rarement dérangé par quelques lecteurs qui le soupesaient parfois mais le reposaient bien vite sur les rayons. Le livre était trop lourd, trop volumineux, trop détaillé. Par la suite, on le perdit de vue, et les chercheurs cessèrent de s'interroger sur un problème considéré désormais comme résolu.

Le tirage original de ce livre avait été confidentiel. C'est pourquoi peu d'exemplaires ont survécu. L'un d'entre eux, dans la Bibliothèque nationale anglaise, fut même perdu lors d'un déménagement de livres vers la province pour les mettre à l'abri pendant la Deuxième Guerre mondiale. Décidément, le sort s'acharnait sur le malheureux Schott, car c'était le moment important pour lui de le faire connaître. Son livre ne fut retrouvé et remis en place dans la collection nationale qu'une quarantaine d'années plus tard. Le grand travail, sur lequel il avait fondé tant d'espoirs, n'eut jamais, dans son propre pays, le retentissement qu'il avait espéré.

En dehors des accidents de parcours, pourquoi tant de réticences à propos de son livre ? La raison peut paraître surprenante. Sans se préoccuper le moins du monde de tous les arguments théoriques contraires, le jeune Niels Bohr avait pris audacieusement le taureau par les cornes. Il avait postulé l'existence de nouvelles lois suivant lesquelles l'atome posséderait des états dits 'stationnaires' justement parce qu'ils sont stables et n'émettent pas de rayonnement. Cette conclusion étonnante, qui semblait mettre de côté toute la physique contenue dans les équations de Maxwell, aurait semblé une impertinence de théoricien si elle n'avait été accompagnée par une impressionnante série de déductions en accord presque parfait avec l'expérience. En réalité, Bohr avait bien inventé une nouvelle physique, qu'on dénomma 'microscopique', avec l'idée que le comportement des atomes est régi par des lois étranges et singulières. C'était le premier pas vers la physique dite aujourd'hui 'quantique'. Le pas était un peu trop radical, mais l'audace fut payante.

117

Schott ne fut pas le seul consterné par une approche aussi brutale du problème. Rutherford, de son côté, fut d'abord outré par tant d'arrogance. Il apprenait par l'article de Bohr des hypothèses qu'il aurait pu, sur la même pente, formuler facilement lui-même en se contentant de ne pas tenir compte de la perte d'énergie des électrons due au rayonnement. Non seulement il aurait pu lui-même introduire habilement la fameuse constante de Planck mais, en plus, lui qui se méfiait tellement de la théorie, il n'avait pas osé franchir ce pas à cause des objections de Schott. Encore celui-là ! Cet oiseau de malheur lui avait barré la route au moment même où il allait annoncer clairement l'une des découvertes majeures de sa vie. Désormais, ce ne serait pas simplement l'atome de Rutherford. Ce ne serait jamais que l'atome Rutherford-Bohr. Il comprit aussitôt, d'ailleurs, que cet atome deviendrait fatalement et assez vite l'atome de Bohr dans la bouche des étudiants. Ce sont toujours les noms courts qui finissent pas l'emporter... Schott lui avait vraiment fait manquer sa chance. Triste à dire, il avait beaucoup trop respecté son opinion. Par la force des choses, Schott devenait, non seulement un adversaire des idées nouvelles mais, en plus, un perturbateur de son propre cheminement, à lui, Rutherford, vrai père de cette nouvelle physique. Encore une fois, un théoricien doctrinaire l'avait empêché d'aller jusqu'au bout de ses idées. Il n'avait pas pu mener lui-même à bien sa révolution. La querelle de l'atome planétaire finissait par porter malheur à beaucoup de monde des deux côtés de la barricade.

Tout à fait par hasard (mais le hasard préside-t-il aux rencontres des physiciens ?), Schott se trouva à une extrêmité d'un couloir à l'Université au moment même où Niels Bohr débouchait à l'autre. Le premier mouvement de Schott, qui n'aimait pas les confrontations subites, fut de changer de chemin, mais il était trop tard. Il eût donné l'impression de fuir et, aussi, ce qui le gênait davantage, de manquer de politesse envers un collègue.

Niels Bohr, au contraire, hâta le pas, vint à lui et lui serra la main.

- Monsieur Schott, lui dit-il, je voulais justement vous rencontrer, vous remercier et vous dire en personne l'admiration que j'ai pour vous et pour votre grand traité. Le patron me l'a donné à lire. Ce travail monumental est très impressionnant. Contrairement à ce que certains pourraient penser, je suis tout à fait d'accord avec vos déductions.

- Vraiment ? dit Schott, éberlué par cette entrée en matière. Mais l'avez-vous dit en ces termes au Professeur Rutherford ?

- Bien sûr, répondit Bohr. Je lui ai dit tout à fait la même chose qu'à vous, mais Monsieur Rutherford, si grand physicien soit-il, ne comprend rien à la physique théorique et n'a pas exprimé d'opinion sur votre livre. Je lui ai expliqué que toutes vos conclusions sont justes, sont pertinentes et qu'elles sont d'une profondeur remarquable mais simplement qu'elles ne s'appliquent pas aux atomes.

- Vous m'étonnez encore plus, dit Schott. Pourquoi pensez-vous que les atomes sont un cas si particulier ?

- C'est qu'ils ne sont pas construits sur le même principe, expliqua Bohr. Si vous voulez, c'est qu'ils n'ont pas le même créateur. L'homme qui voudrait fabriquer lui-même un atome s'y prendrait exactement comme vous l'avez décrit. Il commencerait par guider un électron libre et le rapprocher d'un proton. Il verrait alors forcément tous les phénomènes que vous avez si bien expliqués, à commencer par votre rayonnement d'orbite. J'appelle cette situation la limite classique...

- Je veux bien, continua Schott, mais, dans ce cas, l'électron finira fatalement par tomber sur le noyau. Il ne peut en être autrement.

- Mais non ! objecta Bohr. Votre tort est de chercher le mystère de l'atome dans la limite classique, où les choses se passent tout à fait comme vous le dites. En fait, le mystère est à l'extrémité contraire, là où l'atome devient tout petit, si petit qu'il ne peut plus rayonner. C'est la limite microscopique, où la physique devient très différente et c'est là que l'atome finit par devenir stable.

- C'est un tour de passe-passe, dit Schott. Si la structure de l'atome restait planétaire dans cette limite, il ne pourrait justement pas être stable. Il serait bien obligé de perdre son énergie. Vous avez beau dire, on sait que l'atome, le vrai, émet du rayonnement, mais par un mécanisme beaucoup plus mystérieux que dans votre modèle. D'ailleurs, il émet ses raies spectrales à énergie fixe, ce qui n'est pas compatible avec des orbites circulaires en perte continue d'énergie. Or, selon votre théorie, l'atome serait à la fois planétaire et stable dans son état fondamental. C'est contradictoire pour des particules chargées. La théorie de Maxwell l'interdit...

Bohr sourit :

- Je ne prétends nullement avoir résolu tous les mystères de l'atome, répondit-il simplement. J'affirme juste avoir trouvé une relation entre toutes les observations faites jusqu'à présent. C'est après tout le but d'une théorie quelle qu'elle soit. Elle doit s'adapter aux faits. Oui, j'ai dû sacrifier certaines règles, notamment celle qui a trait au rayonnement émis par une particule chargée soumise à une accélération. Je postule donc que cette règle de Maxwell ne s'applique pas aux atomes, c'est à dire aux systèmes très petits. Les lois dépendent de la taille de l'objet. Voilà tout.

- C'est assez cavalier, objecta Schott. Pour expliquer quelques observations, vous passez sans vergogne au-dessus d'un siècle de travaux. Vous sacrifiez, non seulement Faraday et Maxwell, mais en plus, la cohérence de tout un édifice qui remonte à Lagrange, à Hamilton, à Newton lui-même...

- Je vous ai donné mon opinion, dit Bohr, et je suis d'accord avec vous que ce n'est pas facile à imaginer mais je vous assure que c'est la bonne voie. Je suis également persuadé que votre système existe aussi, mais dans la limite contraire, celle des systèmes de grande taille.

- La distinction que vous faites là est bien étrange, dit Schott.

- De même que l'homme ne peut aisément fabriquer des atomes à partir de protons et d'électrons libres, reprit Bohr, de même, il aurait du mal à créer votre système idéalisé, qui est une sorte d'atome géant auquel vous fournissez à chaque tour une accélération suffisante pour maintenir l'électron en orbite sur un rayon fixe et lui rendre l'énergie qu'il perd sous forme de lumière. Voyez, l'homme construit mal mais défait plus facilement une nature fragile, tout comme Rutherford qui, ayant décou-vert le noyau veut maintenant le détruire...

- Sur ce point-là, dit Schott, je suis absolument de votre avis. Il me rappelle ces enfants qui découvrent un nouveau jouet et veulent aussitôt le casser.

Sur les autres questions, évidemment, ils n'étaient pas d'accord. Schott resta donc sur sa réserve malgré cette conversation où ils avaient tenté de trouver un terrain d'entente.

- Pourquoi, se demanda-t-il après, les lois de la physique seraient-elles différentes suivant la taille d'un système ? Cette mystérieuse constante de Planck que Bohr introduit sans vraie justification dans sa théorie ne peut quand même pas empêcher l'application des principes de base si bien établis par Maxwell. Et puis, pourquoi les propriétés d'un électron libre seraient-elles différentes de celles d'un électron attaché au noyau de l'atome ?

Schott faisait partie de ces hommes assez rares qui cherchent à comprendre complètement les choses et ne peuvent se contenter d'approximations. L'idée qu'une zone d'ombre pût l'empécher de suivre les propriétés d'un système physique dans leur détail en toute circonstance et d'analyser de bout en bout leur évolution lui paraissait insupportable.

Il lui revint un mot d'esprit qu'il avait entendu dans la bouche du physicien Louis de Broglie, grand admira-teur d'Albert Einstein, un homme qui avait cherché à mieux comprendre les propriétés de l'électron en lui associant une onde. Lui, au moins, avait tenté d'expliquer l'existence d'états stationnaires par analogie avec les résonances des tuyaux d'orgue. C'était un argument plausible auquel Schott ne croyait pas tout à fait mais qui n'avait rien de vague. Les jugements de Louis de Broglie, au moins, avaient du sens.

- Niels Bohr, avait dit le physicien français, manie si bien le clair-obscur qu'on devrait l'appeler le Rembrandt de la physique moderne...

- Il a mille fois raison, se dit Schott. Si cette nouvelle physique n'est faite que de raisonnements aussi fumeux, je préfère attendre, car cette mode passera avec les autres.

Et il se consola de son peu d'écoute en imaginant toute la difficulté qu'aurait Niels Bohr, devenu vieux, à expliquer aux générations montantes sa vision étrange des propriétés de l'atome et les bizarreries du modèle qu'il avait inventé pour les accorder entre elles.

- Ce n'est que de la phlogistique, pensa-t-il. Je ne vois que deux possibilités : soit, l'univers est ordonné, en auquel cas il suffit d'en comprendre une partie essentielle pour reconstituer tout le reste, soit, il contient une part aléatoire (ce que Monsieur Poincaré décrirait comme un chaos). Dans cette deuxième hypothèse, l'entreprise sci-entifique serait vouée partiellement à l'échec. L'espèce humaine n'atteindrait jamais qu'une connaissance frag-mentaire du monde, mais je déteste cette pensée.

En principe, si quelqu'un lui avait posé de but en blanc la question, Schott ne croyait, ni particulièrement à l'existence de Dieu, ni non plus, à celle du diable. Par contre, il était attaché à l'idée que la nature ne renferme rien d'absolument inexplicable. L'homme, pensait-il, a reçu un esprit qui lui permet de démêler les causes et de comprendre les mystères de l'univers à condition de raisonner juste. Par là, il rejoignait les hommes de pensée qui prétendent reconnaître une intervention divine dans la conception même du monde. Volontiers, il aurait fait sienne l'idée de Voltaire selon laquelle aucune horloge n'existe sans horloger.

Par conséquent, se retrouver devant une zone de non-droit intellectuel le rebutait. Bohr avait prétendu que le très petit obéirait à des règles différentes de celles du très grand. Mais, comment passer de l'un à l'autre ? Comment définir la frontière entre les deux ? Et pourquoi fallait-il même une frontière ? Au sujet de l'existence de Dieu, Schott n'aurait pas su quoi répondre, mais sur une incohérence au sein même de la Création, il n'y avait, à ses yeux, qu'une seule réponse. La chose était rigoureusement impossible. C'était, du point de vue scientifique, ce qui se rapprochait le plus de la notion de blasphème pour un théologien. Bohr voulait imposer le vague, une zone d'incertitude que Schott, pourtant large d'esprit, ne pouvait pas accepter. Ne pas comprendre, pour lui, était une conséquence possible de l'ignorance mais ne pouvait en aucun cas devenir une fatalité. Son esprit était ouvert à toutes les hypothèses, sauf justement à celle d'un brouillard qui dissimulerait les rouages de la nature. L'interprétation proposée par Bohr le dérangeait profondément. Il n'y voyait d'ailleurs même pas un début d'explication.

Non, Schott ne pouvait accepter une telle approche et, comme il était doué d'un talent prodigieux en mathématiques, il se mit dès lors à chercher toutes les solutions inédites des équations de Maxwell qui permettraient aux électrons de rester dans une configuration stable et sphérique, voire même de tourner, sans rayonner. Il devait bien y en avoir et il saurait les trouver.

Il avait entrevu cette possibilité en lisant un grand article du théoricien allemand Paul Ehrenfest.

Personne ne suivait cette voie ? Tant pis ! Il la suivrait, lui, et trouverait en chemin les chaînons manquants qui échappaient à tout le monde. Cette direction était prometteuse. Il fit d'ailleurs, dès le départ, quelques découvertes impressionnantes. Mais, malheureusement pour lui, aucune de ses solutions n'était en accord avec les propriétés de l'atome. De plus, elles s'annonçaient d'une grande complexité, comme Rutherford l'avait pressenti.

Décidément, la nature ne semblait pas vouloir le suivre sur cette voie difficile. Mais il saurait s'y prendre pour la convaincre. Et cette résistance opiniâtre n'était-elle pas la preuve, justement, que son chemin était le bon? Dans son dialogue avec la nature, Schott avait pris le parti de rechercher un ordre complet comme fait le jardinier d'un parc à la française. Ne laisser aucune place au hasard, tel était son credo. Mais la nature refusait obstinément de lui obéir et lui envoyait quelquefois des avertissements, comme pour l'empêcher de trouver la vérité en s'aventurant plus loin.

En dernière analyse, la science repose sur une philosophie de la Création, tout comme la poésie. Pour George Schott, comme pour Louis de Broglie, rien de vague ne devait figurer dans cette philosophie.

Chaunes

Chapitre 13

La Grande Guerre coupa court à la suite des événements, apportant, à sa manière, une autre réponse à la lettre d'Eileen Rutherford : la rupture qu'elle craignait entre George Schott et sa propre famille à cause du conflit autour de l'atome planétaire n'eut jamais lieu, car l'activité des laboratoires changea radicalement. Tous se plongèrent dans l'effort de guerre.

Schott n'avait plus de raison, ni surtout la possibilité, de se rendre à Manchester. Même le patron, comme tous appelaient désormais Rutherford, dut travailler sur autre chose. Placé devant cette obligation il eut quand même un sursaut d'orgueil. Un jour, comme on lui reprochait d'arriver tard à la réunion d'un comité sur la guerre sousmarine dont il était membre, il répondit:

- Messieurs, vous avez raison, mais moi, j'ai brisé l'atome et, voyez-vous, c'est un événement plus important que votre guerre.

En dehors de Marie Curie, qui se portait héroïquement au front avec sa camionnette équipée d'un tube à rayons X, la plupart des physiciens européens furent réquisitionnés par les Etats pour concevoir, sinon des armes offensives, au moins des innovations à des fins militaires, jugées plus utiles de leur part que toute autre activité pour l'extermination de l'ennemi.

Seuls les plus jeunes et les plus engagés allaient au front. Un jeune et brillant théoricien, Ralph Fowler, de l'équipe de Rutherford, et un jeune physicien, Patrick Blackett, allèrent au combat, le premier dans l'infanterie, le deuxième, dans la marine de Sa Majesté. Eileen, qui les connaissait tous deux, fut très angoissée de les voir partir vers tous les dangers. Son père, qui avait un point de vue traditionnaliste sur la nécessité de porter les armes et de servir son pays, ne s'en émut pas outre mesure. Il faut dire que, de toute manière, Rutherford avait déjà décidé de recruter un jour Niels Bohr comme théoricien dans son équipe. Il n'avait pas l'œil sur Ralph Fowler. Bohr, à ses yeux, avait fait triompher son modèle en exorcisant la malédiction du rayonnement de Schott. Le départ de Fowler ne contrariait en rien ses projets puisqu'il n'avait aucune visée sur lui.

Ernest Rutherford, à son tour, mit au service de la nation une expérience inégalable dans la conception d'inventions utiles destinées à l'effort militaire. Il revint aux ondes électromagnétiques qui l'avaient occupé pendant ses premières années. Dans les conflits, elles prenaient une importance décisive. Déjà, à la bataille navale de Tsoushima, en 1905, entre la marine russe et celle du Japon, la première l'avait appris à ses dépens. Trop confiants, les Russes avaient envoyé une énorme flotte contre les Japonais, sans même avoir prévu de moyens de communication modernes. Au contraire, la flotte nippone était complètement équipée d'excellents appareils radio réalisée par l'entreprise Shimadzu, déjà à la pointe de l'éléctronique. Le résultat fut une défaite épouvantable dans laquelle la flotte russe fut anéantie.

Le jeune physicien Patrick Blackett, engagé dans la marine royale britannique, se trouva sur le pont d'un cuirassier à la bataille du Jutland en 1916. Il comprit en voyant le manque de précision des tirs de canon anglais que le War Office de Londres leur avait envoyé des télémètres mal réglés, ne tenant pas compte du fait que la force de Coriolis change de signe à l'équateur. Il calcula sur place la correction nécessaire et fit rectifier le tir. La marine anglaise remporta la victoire.

La Grande Guerre fut l'un des premiers conflits à démontrer d'une manière éclatante l'importance de la science et de ses avancées pour la technologie militaire. Cependant, pour quelques chercheurs, elle fut aussi la cause d'une longue période d'inactivité forcée difficile à mettre à profit. Dans les tranchées, sous les tirs des canons allemands, D'Arcy Thompson écrivit son traité immortel *On growth and Form* qui posa les bases de la biologie mathématique. En dehors de ce chef-d'œuvre, rédigé dans les conditions les plus improbables, la recherche fut quasiment à l'arrêt pendant la durée des hostilités. En temps de paix, il est permis même aux hommes de science de rêver comme font les poètes, de se transformer en explorateurs, de chercher par delà les limites du monde perceptible et de repousser les frontières du réel. En temps de guerre, la réalité s'impose, blafarde et décevante, pour les forcer à ne plus concevoir que des outils de destruction.

Ensuite, plutôt que de se repentir de les avoir poussé à de telles extrémités, l'opinion publique a l'habitude d'accuser la science elle-même d'être le Mal absolu. Elle se décharge ainsi de sa propre culpabilité, tout comme font les citoyens ordinaires qui accusent la destinée, les étoiles et les dieux de méfaits qu'ils ont eux-mêmes commis. Ce qui était en réalité un crime contre l'humanité passait pour le comble du patriotisme. C'était finalement, la science elle-même qui n'aurait pas dû permettre qu'on l'utilise ainsi. Donc, c'était elle, la vraie responsable de toute ces méchancetés. On avait oublié, pendant les années de guerre, que l'état naturel de la science, qui finalement n'est que de la connaissance, est de construire, non de détruire, voire même d'entrer de plain pied dans le rêve obsessionnel des chercheurs, un rêve auquel elle revient spontanément dès qu'elle cesse de servir les Etats et qu'elle jouit d'un minimum de liberté.

Quant à George Adolphus Schott, ce repos forcé de quelques années se passa pour lui d'une manière plutôt tranquille. Sa première crainte, en répondant à l'appel sous les drapeaux, fut d'être envoyé sur le front, peut-être d'aller combattre dans les tranchées en France, et d'avoir à tirer au fusil sur des Allemands. Quelque part, il restait allemand lui-même et n'aurait pas su appuyer facilement sur une gâchette pour tuer ses semblables. Quant aux assauts à la baïonnette, il n'imaginait même pas, contre qui que ce fût, comment un tel comportement était possible entre hommes civilisés.

Fort heureusement pour lui, les sous-officiers qui veillaient à la répartition des recrues le jugèrent dès le départ inapte au combat. Sa maladie des bronches ne permit pas de l'envoyer au front. Les médecins militaires lui découvrirent une gêne respiratoire d'origine inconnue qui risquait d'évoluer et de devenir contagieuse. De plus, ses réflexes étaient trop lents. Il réagissait à l'imprévu de façon trop réfléchie, n'avait aucun entraînement, ni aucune aptitude à un sport quelconque. Enfin, il risquait de mal interpréter les ordres, étant par nature trop intelligent et porté à poser des questions inutiles. Il eut la chance de ne pas être un bon élément pour le combat. Il faillit même être réformé.

Néanmoins, le recruteur se montra imaginatif. Vu ses compétences, cet universitaire comprenait mieux qu'un autre les lois de la mécanique. George Adolphus Schott fut donc affecté à des activités d'enseignement derrière les lignes. Il forma à la balistique bon nombre de soldats et s'acquitta si bien de cette tâche plutôt ingrate et répétitive qu'il fut même promu contre son attente au grade de lieutenant.

Cette fonction lui parut assez ennuyeuse. Il s'agissait de mathématiques au ras des pâquerettes. Il s'en acquittait consciencieusement, mais sans beaucoup d'enthousiasme, comme d'un devoir imposé par les circonstances, pour le service de son pays. Il tâchait même de ne pas approfondir à quoi ses cours pouvaient bien servir, n'ayant jamais tiré un seul coup de canon. Son véritable délassement fut d'affronter aux échecs tous les appelés, les sous-officiers, les officiers et bientôt même les colonels et les généraux, à mesure que grandissait sa réputation dans l'armée.

Quand il eut battu régulièrement tout les gradés sur l'échiquier, les militaires convinrent entre eux que le Lieutenant Schott était, en fait, un merveilleux champion et lui firent une célébrité qui valait bien, à leurs yeux, un fait d'armes important. Ils apprirent que, dans le civil, il était capitaine de l'équipe d'échecs de l'Université de Cambridge et furent éblouis de le compter dans leurs rangs. Il leur parut dès lors indispensable de le promouvoir également au rang de Capitaine des armées de Sa Majesté. C'était logique. Il ne pouvait être capitaine d'un côté et seulement lieutenant de l'autre.

Peut-être aurait-il pu monter encore en grade en battant quelques généraux de plus ou même un maréchal, mais le sort voulut que la Grande Guerre prît fin brusquement. Avec elle se termina aussi la carrière naissante du brillant militaire George Adolphus Schott, capitaine de la balistique sur tableau noir et stratège de l'échiquier auprès du Quartier Général.

Peu après l'Armistice, il revint à Aberystwyth reprendre ses fonctions universitaires. Il allait presque oublier cette parenthèse dans sa vie quand un jeune officier d'artillerie se présenta à la loge de l'Université, réclamant instamment de voir son grand ami de temps de guerre, le Capitaine George Schott.

Il se souvint vaguement d'avoir donné des cours de balistique au Lieutenant Nicholas Fortescue, *Bart.* dont la carte de visite assez prétentieuse proclamait fièrement le rang militaire. Il lui revint même d'avoir joué aux échecs avec lui et d'avoir reconnu un adversaire plutôt capable. Il se sentit donc obligé de le recevoir.

Plus connu sous le nom de 'Nick' à l'armée, le jeune soldat lui confia qu'il avait servi à la bataille d'Arras sous le commandement du Général Allenby. Depuis sa démobilisation, il cherchait à s'adapter à la vie civile, ce qui lui posait beaucoup de problèmes, car il n'avait aucune formation précise et aucune envie de travailler de ses mains. George Schott crut d'abord à une simple visite de courtoisie, mais le jeune lieutenant venait en fait lui faire une étrange proposition.

- J'ai besoin d'un grand mathématicien comme vous, lui annonça-t-il après ce petit préambule. Si nous joignons nos efforts, je suis persuadé que nous pourrions très vite faire fortune ensemble. Je vous explique comment. J'ai réussi à emprunter une assez forte somme à la banque car j'ai un projet plein d'avenir. J'ai compris que la propriété foncière est incroyablement sous-évaluée en ce moment. C'est normal. Compte tenu du grand nombre de morts à la guerre, beaucoup de propriétés sont vides aujourd'hui. C'est donc le moment d'en acquérir. Bientôt, l'économie repartira, non seulement en Angleterre, mais dans le monde entier. Les maisons qui se vendent en ce moment pour une bouchée de pain, même dans la capitale, vaudront bientôt une fortune. Il faut investir.

- Puisque vous le savez déjà, à quoi vous servirait un mathématicien ? demanda Schott, intrigué par cette entrée en matière. Il avait compris que Nick Fortescue, malgré son manque de formation, était intelligent et entreprenant mais fut étonné par son envie de s'enrichir sans travailler à partir d'emprunts bancaires.

- Mon problème, expliqua Fortescue, c'est qu'il faut attendre. Je suis absolument sûr de l'évolution de mon affaire. Elle ne peut que prospérer. Mais entretemps, il me faut de quoi vivre et financer les intérêts sur mes emprunts. J'en ai peut-être pour cinq ou dix ans avant de devenir vraiment riche. Les maisons, je les ai déjà, mais leur valeur n'augmente pas encore suffisamment.

- Vous pourriez toucher des loyers, hasarda Schott, puisque les propriétés sont à vous.

- C'est vrai en principe, dit Fortescue, mais si j'y installe trop de locataires, je perds sur la valeur de mes placements. Les maisons vides valent beaucoup plus cher à la vente que les maisons occupées.

- Dans ce cas, répondit Schott, il faut chercher un emploi bien rémunéré pour les années qui viennent. Je ne vois pas d'autre solution.

Schott n'avait jamais été confronté à la situation que lui décrivait le Lieutenant Fortescue. Sa famille avait une usine et ses parents, qui avaient bâti la fortune familiale, l'avaient mis à l'abri de ce genre de nécessité. Il touchait un salaire de Professeur d'Université grâce à sa passion pour les mathématiques. Fortescue lui décrivait un aspect de la vie ordinaire qui lui était tout à fait étranger. Il se posa subitement la question : comment aurais-je fait pour survivre si j'étais né pauvre ?

Nick Fortescue, dont la grande ambition était celle de beaucoup d'hommes – s'enrichir sans travailler – lui fit soudain la proposition suivante :

- Mon ami banquier, lui révéla-t-il, comprend très bien mon projet et me fait confiance. Il sait comme moi que la propriété va vite décupler de valeur. Il serait prêt à m'avancer encore plus d'argent si j'élargissait mon affaire en prenant des associés. C'est alors que j'ai pensé à vous.

- De nouveaux emprunts ne résoudraient pas votre problème, objecta Schott. Au contraire, ce seraient de nouveaux intérêts à verser. Acheter encore d'autres maisons n'amélioreraient rien. c'est du liquide qu'il faut.

- Exactement, dit Fortescue. Je suis déjà parvenu au maximum de mes possibilités. Maintenant, il me faut un autre genre de placement, un investissement qui me rapporterait gros tout de suite. Je pense plutôt acquérir des actions en bourse avec ce nouvel argent.

- Votre banquier le sait-il ? demanda Schott.

- Je ne lui en parle pas encore pour l'instant, répartit Fortescue. Il faut d'abord agir, pour démontrer que j'en suis capable. Ensuite, il sera toujours temps de lui expliquer ma démarche.

- C'est un peu dangereux, opina Schott, inquiété par le tour de la conversation. Il faut quand même être sûr de ce que vous faites.

- La Bourse, répartit celui-ci, est une affaire très compliquée, mais je l'étudie depuis longtemps. Il faut tenir compte de nombreux paramètres, comprendre l'origine des variations et savoir les modéliser. Je vais vous donner une idée de ce que cela représente.

Et il sortit de sa poche quelques feuilles de papier garnies de courbes tracées à la main.

- D'où tenez-vous ces informations ? demanda Schott, intrigué.

- C'est bien simple, répondit Fortescue. Pendant les années de guerre, je recevais encore un journal auquel je m'étais abonné et je suivais autant que possible le cours des marchés. J'avais déjà à l'esprit cette profession qui ressemble au jeu d'échecs. Regardez. Les courbes se sont toutes infléchies pendant la guerre. A présent, elles remontent déjà. Voyez ! Elles vont se retrouver sur la même pente qu'auparavant. C'est absolument inévitable.

- Toutes ne le feront peut-être pas, observa Schott.

- Il peut y avoir quelques fluctuations, concéda Fortescue. Ce sont des effets d'interférence entre les paramètres. C'est justement pour cela qu'il me faut un bon mathématicien. Il faut comprendre l'évolution de ces courbes dans l'avenir.

Ce genre de problème parut nouveau à George Schott. Il il se demanda, malgré sa défiance, si Fortescue n'avait pas raison. Etait-il possible de prévoir la forme générale des courbes des marchés ? L'idée d'utiliser les mathématiques pour s'enrichir lui semblait vaguement malsaine. Même si la chose était concevable, pareille pensée ne lui avait jamais traversé l'esprit.

- Vous êtes déjà Adolphus, lui sussura Fortescue, qui avait remarqué son prénom bizarre, mais vous pourriez

135

devenir plutôt Faustus en rejoignant mon entreprise. Le savoir est un instrument. Il permet de faire fortune. D'ailleurs, si vous trouvez la bonne martingale, il faudrait investir un peu de votre patrimoine. Vous, au moins, avec votre famille pour vous souenir, n'aurez pas d'intérêts à verser aux banques.

Schott fut un peu dérouté par ce discours. Le savoir, à ses yeux, n'était l'instrument de rien du tout, et surtout pas d'une réussite financière.

- Laissez-moi vos courbes pendant quelques jours, dit-il enfin à Fortescue. Je vais tâcher de comprendre le sens de ce que vous dites car je ne connais rien aux modèles financiers.

Fortescue repartit plein d'espoir de l'avoir convaincu mais Schott, après quelques jours d'étude, ne découvrit qu'une seule règle à peu près sûre à partir des courbes de valeurs boursières du lieutenant. Il trouva la trace d'un léger cycle de vingt-quatre heures. En période de hausse, elles valaient en moyenne un peu plus cher le soir que le matin à cause de l'activité des marchés. En dehors de cette observation, leurs fluctuations lui parurent complète-ment aléatoires. Comme convenu, il rendit donc ses courbes à Fortescue quelques jours plus tard en prétextant qu'il avait bien trop de soucis de santé pour songer à s'enrichir.

Il avait complètement oublié cet incident quand, moins d'une année plus tard, il apprit par les journaux la faillite retentissante d'un spéculateur très en vue du nom de Fortescue. Cet aventurier, un ancien militaire, entraî-nait dans sa chute plusieurs hommes d'affaires pourtant avertis, dont un se suicida. La Presse estima l'affaire particulièrement scandaleuse car ce Fortescue était un ancien combattant. Il aurait dû, par conséquent, être un homme honorable, mais finalement, n'était qu'un voleur.

Schott comprit alors qu'il avait failli devenir, lui aussi, la victime d'un habile manipulateur. S'il avait cédé à la tentation de résoudre le problème que Fortescue lui soumettait, il se serait rendu complice de ce qui n'était, finalement, qu'une escroquerie. Par bonheur, sa prudence instinctive et une certaine humilité l'avaient sauvé. Il s'était senti un peu bête de ne pas avoir découvert les lois du marché en étudiant les courbes de Fortescue. Ne pas avoir trouvé de solution, finalement, était un signe de sagesse. En lisant la biographie du lieutenant Fortescue sur le journal, il lui revint que, dans la langue anglaise, le prénom de 'Nick' est celui que le Diable partage avec Machiavel et le rapprochement l'amusa.

Déjà, il se méfiait beaucoup de l'esprit militaire. Ce jeune officier qui présentait si bien en mettant partout en avant son rang de lieutenant acheva de l'en dégoûter. Ce mélange de grade militaire et de malhonnêteté, Schott le trouva cohérent. Le Démon de la spéculation et la folie de la guerre eurent dès lors dans son imaginaire partie liée.

.

.

Chapitre 14

Tant que dura la Grande Guerre, rien ne s'était produit d'exceptionnel dans le domaine de la recherche scientifique. Néanmoins, les hommes avaient beaucoup progressé et beaucoup compris durant cette période. Certains travaux, presque inconnus avant guerre, prenaient, un peu mystérieusement, une grande importance. Un ordre nouveau s'établissait. Ainsi, les articles mythiques d'Albert Einstein, ceux de l'année 1905, avaient fait leur chemin. A l'époque de leur publication, presque personne n'avait compris la théorie de la relativité. Maintenant, elle faisait toute la réputation de son créateur. On la saluait comme une découverte essentielle, même parmi ceux qui n'en comprenait pas forcément toutes les implications.

Seuls, dans ce grand remue-ménage de réputations, les travaux de George Schott n'avaient pas profité des années de réflexion forcée des lecteurs. C'est que tous avaient opté pour l'atome planétaire, que certains appelaient maintenant l'atome Rutherford-Bohr, voire même 'l'atome de Bohr' pour faire plus court. Bientôt, ce modèle apparut comme l'étape décisive vers une nouvelle théorie qu'on disait ondulatoire ou quantique et le prestige de Niels Bohr en fut encore augmenté.

Dans les années qui suivirent la Grande Guerre, Schott se sentit donc de plus en plus oublié. Il ne se découragea pas pour autant. Il savait que les modes vont et viennent et que l'opinion est versatile. De plus, les trompettes criardes de la renommée lui paraissaient assez vulgaires. Il avait résolu de n'en tenir aucun compte. Il faisait confiance à un avenir plus lointain et se disait qu'un jour, à force de parfaire sa théorie, de la rendre plus élégante et toujours plus conforme aux idées de Maxwell, il finirait bien par tomber sur des vérités si profondes qu'elles deviendraient évidentes pour tout le monde.

Mais les événements ne prirent pas le tour qu'il espérait vainement. Une suite de grands chercheurs, pour la plupart d'origine germanique, Planck, Kramers, Krönig, Ehrenfest, Heisenberg, Born, Jordan, Schrödinger et encore d'autres marquaient l'époque et finirent par imposer une manière de penser dont Bohr devint le pape. Même le physicien Unsöld, dont les travaux plaisaient davantage à Schott, car il n'avait pas entièrement adopté les idées nouvelles, alignait des équations qui apportaient de l'eau au moulin des partisans de la mécanique quantique. Seul son héros, Albert Einstein semblait tenir bon, sauf quand il eut l'étrange inconséquence d'inventer le photon. Pour Schott, seul devant l'océan dans sa petite ville balnéaire, celui-là, au moins, représentait encore la voix de la raison.

Dans ce contexte, Schott se trouva contre son gré propulsé au premier rang des opposants à la nouvelle théorie quantique. Il sentait bien, pourtant, que ce n'était pas son vrai rôle et que le combat d'arrière-garde qu'on lui imposait ne lui convenait pas. On cherchait à le précipiter dans un antagonisme étranger à son caractère. Il écrivit même une lettre à Louis de Broglie, sachant que celui-ci était en rapport avec Einstein et nourrissait, lui aussi, des doutes sur la nouvelle théorie si envahissante. De Broglie lui répondit très poliment, quelques semaines plus tard, par une longue lettre dans laquelle il exprimait son propre désarroi devant une immense vague de travaux incomplets, aux raccourcis très contestables.

L'atome planétaire

Louis de Broglie écrivait :

Au congrès de Solvay, en 1927, j'ai tenté à ma manière de résoudre les problèmes dont vous parlez, mais mon exposé a trouvé peu d'audience. M. Pauli m'a fait des objections. M. Schrödinger, lui, ne croyait pas aux corpuscules. MM Bohr, Heisenberg, Born, Pauli, Dirac développaient l'interprétation probabiliste considérée actuellement comme orthodoxe. MM. Lorentz et Einstein voulaient sauver la physique classique. Seul Einstein m'a encouragé dans ma démarche, mais sans cependant approuver nettement ma tentative...

M. Bohr (vous me rappelez mes propres paroles) est un peu le Rembrandt de la physique contemporaine, car il manifeste parfois un certain goût pour le «clair obscur». Il a voulu redéfinir mes ondes. Elles perdent alors toute signification physique et ne sont plus qu'une représentation de probabilités. Celle-ci est personnelle et subjective et se modifie brusquement quand l'utilisateur acquiert de nouvelles informations.

La question qui se pose finalement est de savoir, comme M. Einstein le souligne, si l'interprétation qu'on dit «orthodoxe» est une description complète de la réalité, auquel cas il faut admettre l'indéterminisme à l'échelle atomique, ou si elle cache derrière elle, comme dans les anciennes théories statistiques de la Physique classique, une réalité parfaitement déterminée, descriptible par des variables qui nous resteraient seulement cachées...

Einstein, contacté à son tour, abonda dans le même sens, mais conseilla aussi à Schott de laisser déferler la vague de cette nouvelle mode sans se lancer dans une opposition inutile, la rigueur mathématique n'étant plus dans l'esprit des temps. Dans sa lettre, il ajoutait, au sujet des mathématiques, un aphorisme étrange dont Schott ne pénétra pas bien la signification :

« *... quand elles recherchent trop de rigueur, elles s'écartent de la réalité et, quand elles se rapprochent trop de la réalité, elles s'éloignent de la rigueur.*»

Ce commentaire lui parut tout à fait paradoxal car, pour Schott, rigueur et réalité ne faisaient qu'un. Il en conclut que le grand Einstein avait voulu, à sa manière, le consoler et n'avait trouvé que cette pensée un peu incohérente pour le faire.

Ehrenfest, auprès duquel Schott chercha également du soutien, lui répondit seulement que la mécanique quantique était une aberration temporaire dont les physiciens reviendraient mais qu'il fallait composer avec elle. «*Vouloir lui barrer la route*, ajoutait-il, *ne serait pas plus utile que de s'opposer à la naissance d'une nouvelle religion.*»

Tout ceci ne correspondait pas du tout à la vision peut-être idéaliste que Schott avait eue en s'engageant dans des études de physique théorique. La guerre avait transformé le monde de manière à rendre méconnaissable le paysage de la recherche. Heureusement, il y avait des points fixes auxquels on pouvait encore se raccrocher, le plus important étant le traité de Maxwell.

Ernest Rutherford, qui avait quitté l'Université de Manchester, reconstruisait sa recherche dans le laboratoire Cavendish à Cambridge. Le patron n'était pas rancunier. Il fit bon accueil à George Schott comme à un vieil ami malgré la réputation qu'il avait acquise entretemps de principal opposant à la mécanique quantique. Il fit même, ayant à son propre avis gagné la partie, une déclaration publique assez surprenante de sa part. Peut-être avait-il l'œuvre de George Schott à l'esprit quand il déclara, dans un discours devant l'Académie des Beaux Arts à Londres:

« A mon avis, on peut prétendre à juste titre que le processus de la découverte scientifique est à classer parmi les arts. Le plus bel exemple est dans le domaine qu'on nomme physique théorique. *Le théoricien qui fait usage des mathématiques construit un édifice grandiose par l'application progessive de règles logiques bien définies. C'est la puissance de son imagination qui fait ressortir clairement la relation subtile entre les parties. Une théorie bien construite est à beaucoup d'égards une œuvre d'art...»*

Au moins, selon Rutherford, c'était beau, même si ce n'était pas vrai. Schott se sentit un peu visé par ces paroles bienveillantes.

Bien des choses avaient changé. Certains étaient revenus des combats couverts de gloire, d'autres avaient disparu. Ralph Fowler, grièvement blessé, était dans un triste état. Malgré tout, il prenait la relève pour gérer le groupe de physique théorique à Cambridge. Ernest Rutherford avait d'abord offert ce poste à Niels Bohr, dont la réputation était désormais mondiale, mais, hélas pour l'Angleterre, le Danemark était intervenu pour ne pas perdre un savant aussi illustre. Ebloui par l'offre merveilleuse qu'il reçut, Bohr refusa celle de Rutherford et décida de rester à Copenhague plutôt que d'intégrer Cambridge, au grand dam du patron, contraint d'offrir le poste à Fowler.

Comme couronnement de sa carrière extraordinaire dans les sciences, Ernest Rutherford gouvernait désormais un empire, celui du laboratoire Cavendish. Les années d'or de la physique anglaise commençaient. Douze des étudiants et collaborateurs du grand physicien, presque coup sur coup, allaient être couronnés par le prix Nobel. Il semblait, pour obtenir cette accolade internationale, qu'il fallût impérativement avoir travaillé avec Ernest Rutherford.

Sauf, évidemment, si l'on avait le malheur de s'appeler George Adolphus Schott. Il avait beau faire comme si rien de tout cela ne pouvait l'atteindre, c'était quand même, au fond de son cœur, une déception. Schott fut très heureux et très touché de constater que l'amitié peut échapper à de tels écueils et que celle de Rutherford était restée bien réelle.

- Voyez, dit-il à Eileen quand il la revit, me voici de retour et je peux de nouveau me présenter devant vous, car votre père est un homme généreux qui ne connaît pas la rancune. Il accepte nos petits désaccords.

Ernest Rutherford, derrière lui, entendit cette remarque et en saisit aussitôt la portée.

- Ma fille vous admire beaucoup, George, clâma-t-il de sa voix tonitruante, et elle a absolument raison. Vous êtes de ces hommes fidèles à une pensée, qui ne la trahissent pas et savent la suivre jusqu'au bout. Nous ne sommes pas toujours du même côté de la barrière, mais nous agissons en combattants honnêtes. Je vous respecte pour votre loyauté comme pour votre profonde sincérité. Et puis, je vous salue comme le véritable gentleman anglais que vous êtes. C'est une qualité inimitable.

Ce fut, pour Schott, la plus haute des reconnaissances. Rutherford avait su trouver des mots qui, pour lui, valaient plus que tous les prix du monde et tous les honneurs artificiels qu'on aurait pu lui décerner.

Plus tard dans la soirée, il se retrouva auprès d'Eileen et lui demanda ce qu'elle pensait des grands chamboulements qui avaient eu lieu pendant la guerre. Puis, sans faire aucune allusion directe à la conversation précédente, il ajouta :

- Et vous, vous avez peut-être une autre opinion que votre père. Que pensez-vous de toutes ces réputations ?

- Ce n'est pas à moi qu'il faut le demander, dit Eileen, car je suis bien peu de chose. Mon père dit qu'il y a deux sortes de héros : ceux qui sont partis combattre dans les tranchées, auxquels nous devons honneur et gloire, et ceux qui ont livré les combats de l'esprit pour ouvrir la voie aux générations futures.

- Et vous, insista Schott, intéressé malgré lui par l'opinion d'Eileen, vous-même, qu'en pensez-vous ? Les nouveaux héros valent-ils les anciens ?

- Je pense comme tout le monde, Adolphus, répondit-elle doucement. Il ne faut pas les mettre sur le même plan comme fait mon père. Les uns reviennent de la vraie guerre et doivent donc, forcément, passer devant tous les autres. Je pense, même si nous faisons graver leurs noms sur des monuments, qu'ils seront probablement vite oubliés. Les autres, par contre, ont l'avantage que leurs noms survivront sans notre aide. Ils peuvent même, par-fois, entrer dans la langue courante. Je pense aux noms des grands savants prononcés presque quotidiennement par les hommes. Songez à celui de James Watt. C'est une autre forme de célébrité.

Quelques mois après cette conversation, Eileen annonça ses fiançailles avec le blessé de guerre Ralph Fowler qui entra ainsi dans la famille de Rutherford.

Eileen se préparait, comme bien d'autres femmes de sa génération, à une vie d'abnégation doublée d'une vocation d'infirmière. Schott en fut très peiné mais se souvint de la différence d'âge entre eux. Ce fut le seul reproche qu'il osât adresser à la cruauté du destin. Il tâcha de se ressouvenir de tous les préceptes les plus sages des plus éminents philosophes à ce sujet.

- En fait, se dit-il, la faute en est à la méchanceté des dieux qui ont choisi le mauvais jour de la mauvaise année pour ma naissance.

Quand il admirait la nature, Schott parlait d'un seul Dieu auquel le monde doit tout ce qu'il y a de bon, mais quand il critiquait la destinée, il préférait utiliser un pluriel, qui renvoie aux divinités païennes et lui paraissait donc moins blasphématoire.

Pour se consoler, il se posa à lui-même le problème le plus difficile imaginable, à savoir celui d'une distribution symétrique de charges et de courants satisfaisant le théorème d'Ehrenfest, qui tournerait sans rayonner autour d'un centre fixe.

- Si je la trouve, se dit-il, j'aurai réalisé un système classique, une distribution de charges qui peut se comporter comme les électrons de l'atome de Rutherford sans violer les théorèmes de Maxwell. J'aurai la solution qui mettra tout le monde d'accord.

Il s'était gardé ce problème pour une circonstance de ce genre, un peu comme le fameux théorème de géométrie auquel travaillait Pascal quand il souffrait d'une rage de dents. Ce défi ultime était d'une grande difficulté. Comme il y travaillait surtout aux moments où il ressentait une douleur vive, il le garda longtemps, même pendant des années, à son chevêt. Il ne se sentait pas pressé de publier quelque chose, au contraire de Rutherford, constamment traqué par le souci de la concurrence. Ce problème, le dernier auquel Schott travailla, il le surnomma son remède antidouleur. Il en gardait toujours la dernière feuille sous la main pour pouvoir le reprendre constamment. Il se promenait régulièrement avec un papier de ce genre le long du front de mer et faillit un jour perdre une partie de son travail dans une bourrasque quand la feuille se déchira subitement entre ses doigts.

Chapitre 15

Le cousin de George Schott, Charles Jacob Schott, vint lui rendre visite à Aberystwyth, qu'il ne connaissait pas mais dont il avait entendu dire beaucoup de bien, à tel point qu'il lui demanda de ne pas venir le rencontrer à Londres selon son habitude mais de lui permettre d'effectuer seul le voyage jusqu'au pays de Galles. Il fut enchanté du climat maritime, de l'air pur et du vent qui chassait loin de la côte tout ce qui aurait pu ressembler à de la pollution industrielle.

- Les peintres devraient venir ici, déclara-t-il, car même une petite image de ce lieu enchanteur accrochée dans ma chambre à Francfort, suffira pour me faire mieux respirer.

Ils avaient l'habitude, à chacune de leurs rencontres, de commencer le séjour par une partie d'échecs. George était bien sûr un très grand joueur : les deux cousins avaient appris ensemble dans leur enfance et restaient plus ou moins de la même force. Charles Jacob, son cousin allemand, n'avait pas eu la chance d'intégrer une équipe réputée dans son pays et n'avait jamais été tenté par les tournois. Comme ils avaient souvent joué l'un contre l'autre, ils se connaissaient et se reconnaissaient en s'affrontant à l'échiquier.

Cependant, à cette occasion, Charles Jacob ne voulut pas jouer. Il était préoccupé.

- Je n'ai pas la tête au jeu, dit-il. Il faut que je te parle de la situation en Allemagne. Elle est catastrophique.

Et il se plongea dans un long catalogue de problèmes dont George Adolphus n'avait pas la moindre idée.

- Tu ne sais pas, lui dit Charles Jacob, la chance que tu as de vivre si loin de tous les malheurs qui nous accablent. Tu profites de ton Angleterre riche et paisible. Chez nous, rien que l'augmentation vertigineuse du prix du pain t'indiquerait notre détresse. Et je ne te dis pas ce qui se passe dans l'opinion. Nous sommes à deux doigts d'une grande révolution, d'un événement cataclysmique dans lequel beaucoup de gens vont tout perdre. Cela se sent déjà.

Pour mieux l'en convaincre, il lui laissa un petit livre du grand romancier autrichien Joseph Roth : '*La toile d'araignée*'. Schott, qui n'était pourtant pas littéraire et, en fait, lisait exclusivement des traités de mathématiques, se plongea dans cette lecture et ne put s'en extraire pendant plusieurs jours. Il découvrait un pays inconnu auquel pourtant il appartenait mais dont la déliquescence lui avait échappé. Son Allemagne à lui, c'était bien autre chose. Il commença alors à mieux comprendre ce qui se passait là-bas et les horreurs que, sans doute, avaient voulu fuir ses propres parents. Eux, pourtant, ne lui en avaient jamais parlé.

- Est-ce vraiment ainsi ? demanda-t-il à son cousin. Comment fais-tu pour ne pas sombrer dans ce marécage ?

Ils commencèrent une longue conversation, qui dura presque toute la nuit, pendant laquelle Charles Jacob le mit au courant de la politique, des courants les plus affreux de ce qu'on appelle l'actualité. Au fond de son Pays de Galles, Schott ne s'en était jamais préoccupé. Il avait, comme on disait, 'fait la guerre', du moins en principe puisqu'il était resté derrière les lignes et ne s'était pas s'intéressé aux vraies causes du conflit. Maintenant, il y voyait plus clair. Il en était sincèrement alarmé.

Au petit matin, quand son cousin le quitta pour dormir, il alla dans sa chambre et trouva par hasard une de ses propres cartes de visite qui traînait sur la table de nuit. La difficulté qu'il avait toujours éprouvée devant son deuxième prénom le saisit alors à la gorge. Il l'avait pensé ridicule. Maintenant, il lui faisait horreur. Il ne pouvait plus le partager avec un homme dont il venait juste de découvrir l'existence. A la plume, il raya ce nom de la carte de visite et, après un instant d'hésitation, en écrivit un autre à la place, ce qui donna : George Augustus Schott.

- Je les ferai réimprimer dès demain, se dit-il. Mes collègues ne verront pas la différence. Mieux encore, ceux qui s'en apercevront comprendront sûrement pourquoi. Je n'aurai pas besoin de leur expliquer.

Son cousin Charles Jacob Schott apprécia beaucoup le séjour au Pays de Galles, où la qualité de vie lui plut infiniment. Il avait aussi beaucoup apprécié une jeune demoiselle rencontrée par hasard lors d'une promenade sur le môle à Aberystwyth. Il prit donc l'habitude de revenir régulièrement depuis Francfort en affrontant plusieurs fois par an le long voyage en chemin de fer.

Au bout de quelques années, il épousa cette jeune Anglaise et s'installa à son tour au Royaume-Uni. A dire vrai, il ne se sentait plus chez lui en Allemagne, où régnait alors un nouvel esprit de xénophobie.

- Sais-tu, apprit-il à Schott, que le Hongrois Philip von Lenard dont tu m'as parlé et dont tu admires les travaux, est devenu un ardent nationaliste allemand,

151

d'autant plus ardent qu'il est quand même, lui aussi, un peu étranger chez nous… Il a qualifié les travaux d'Albert Einstein de physique juive. Peux-tu imaginer une bêtise pareille ?

Schott fut désespéré d'apprendre ce nouveau trait de méchanceté. Effectivement, il avait admiré les travaux scientifiques de Lenard et n'arrivait pas à concevoir qu'un scientifique de qualité, prix Nobel de surcroît, pût se révéler aussi mesquin. Lui, qui s'était déjà senti autrefois étranger dans son pays de naissance à cause de sa filiation, se jugea maintenant plus étranger encore dans le pays de ses parents. Il se réfugia une fois de plus dans les mathématiques. Là, au moins, il était sûr de l'impartialité des symboles qu'il manipulait. Il continua ainsi discrètement de travailler, toujours sur la même ligne, sans en parler à grand monde.

Le mari d'Eileen, Ralph Fowler, fit une carrière très brillante à Cambridge comme Professeur de Physique théorique et forma de nombreux étudiants. Il avait adopté la mécanique quantique qu'il enseigna avec beaucoup de succès. Parmi ses étudiants, on compte Paul Dirac, qui parvint presque à réconcilier les principes de la physique quantique avec la théorie restreinte de la relativité, formulée par Einstein. Paul Dirac reçut, à son tour, le prix Nobel. Dirac plut à Schott au moins pour avoir tenté cette harmonisation et aussi pour une phrase qu'on lui attribue : *une équation qui n'est pas belle ne peut être vraie.* L'esthétique des démonstrations fut toujours l'une des grandes préoccupations de George Adolphus Schott.

Malgré, ou peut-être même à cause de, tout ce qu'elle avait entendu sur le peu de confiance qu'on peut accorder aux dires des théoriciens, c'était bien un autre théoricien qu'Eileen Rutherford avait épousé en 1921, à l'âge de vingt ans. Ralph Fowler, comme Rutherford et comme Schott lui-même, était un ancien de Trinity. Elle en eut quatre enfants et mourut très jeune, en 1930, neuf jours après la naissance de son quatrième enfant.

Mary Rutherford se souvint alors de la relation de sympathie très particulière que sa fille avait entretenue dans son enfance avec George Agustus Schott. C'est sans doute pourquoi elle lui fit parvenir un faire-part. En recevant cette nouvelle, Schott fut affecté bien au-delà de ce qu'il était capable d'exprimer. Il alla se promener le long du bord de mer avec la lettre qu'il venait de recevoir et s'assit sur un banc. Pour la première fois de sa vie, il fut envahi par un profond sentiment d'inutilité ou plutôt : par ce qu'il ressentit comme une prise de conscience de la vanité des choses.

Il avait gardé, soigneusement pliée dans son porte-feuille, l'unique lettre qu'Eileen lui avait écrite et à laquelle – il le comprenait maintenant – il n'avait pas su répondre. En pensant à ce souvenir douloureux, il eut quand même la consolation de se dire que la réponse, s'il avait su la formuler sur le moment, n'aurait rien pu changer à la situation. Même, en mettant des mots sur le non-dit auquel ils s'étaient accoutumés, une réponse aurait aggravé les choses et rendu la poursuite de leur relation tout à fait impossible. C'était donc pour le mieux, après tout, qu'il ne se soit rien passé.

Il prit la lettre d'Eileen et fut étonné de s'apercevoir qu'elle avait exactement le même format que le faire-part. Il les plia donc ensemble et les remit dans l'enveloppe qu'il avait reçue le matin même. Par terre, un petit galet plat, tout blanc et bien rond, semblait l'attendre. Il le ramassa, le glissa dans l'enveloppe entre les deux papiers et, retrouvant un geste enfantin, jeta le tout très loin dans les vagues. L'enveloppe disparut aussitôt dans un nuage d'écume et il resta un moment, la tête vide, à contempler le lieu où elle avait sombré.

Il comprit, après cette disparition, qu'il ne lui restait plus que les mathématiques pour exister.

Quant à Fowler, que Rutherford avait pris dans son équipe comme deuxième choix, il devenait, à son tour, célèbre de son vivant et George Schott suivit sur le journal les détails de son ascension universitaire et sociale.

En 1922, il avait lui-même été élu Fellow de la Royal Society de Londres mais, profondément conscient de n'être qu'un professeur de province dans la petite université d'Aberystwyth, il avait le sentiment de ne compter pour rien dans cette auguste académie. Il ne s'y rendait jamais, car le voyage lui semblait pénible. Peu après le décès d'Eileen, Ernest Rutherford devint *Lord Rutherford* et George Schott lui écrivit une lettre de félicitation.

En 1933, il publia un dernier article dans lequel il décrivait une configuration sphérique de charges et de courants aux propriétés tout à fait étonnantes. Elle est conforme aux équations de Maxwell, et peut, néanmoins, tourner sans rayonner. Ce comportement, miraculeux en physique classique, il l'avait cherché longtemps. C'était son obsession. Hélas, cette configuration non plus n'est pas compatible avec les propriétés du cortège électronique de l'atome. C'était un tour de force, une abstraction merveilleuse et belle mais qui, finalement, fut rangé par la postérité, parmi tant d'autres travaux de Schott, dans le cabinet des curiosités mathématiques.

Chapitre 16

Malgré le vent de l'océan qui apportait en abondance un air saturé d'iode, un oxygène purifié par le grand large, évocateur d'une nature encore épargnée par la pollution industrielle, George Adolphus Schott commença, en prenant de l'âge, à ressentir une douleur plus grande au niveau des bronches et une gêne dont il avait presque perdu le souvenir depuis son enfance à Bradford.

Parfois, quand il prenait le train et quand le vent rabattait sur lui la fumée d'une locomotive imprégnée d'odeurs de suie et de soufre, une toux le secouait dont il avait du mal à se défaire. Elle l'agitait pendant longtemps. Il retrouvait alors des relents encombrés de lourds souvenirs, aussi pénibles que s'il s'était trouvé replongé brusquement dans l'atmosphère empuantie des usines. Il en souffrait encore plus quand il devait poursuivre son voyage jusqu'à Londres ou vers Manchester. C'est pourquoi, de tels déplacements, il les espaça de plus en plus. Il finit même par y renoncer tout à fait et se contenta d'écrire des lettres à ses amis et collaborateurs pour éviter d'avoir à quitter Aberystwyth. Lui, qui avait bien du mal à rédiger un texte tant il préférait aux mots les symboles et aux phrases les équations, se mit tardivement et un peu maladroitement à exprimer des sentiments sur papier sans parvenir néanmoins à leur donner toute la vivacité recher-chée, n'ayant jamais pu maîtriser les ressources de l'écriture ordinaire.

Il se promenait désormais avec une canne le long du bord de mer, le regard tourné vers les grands voiliers, les trois mats barque qui passaient devant l'horizon emportant leurs marchandises vers les ports de la lointaine

Amérique. Parmi ces grands oiseaux de la mer aux élégantes mâtures et aux voiles blanches, se glissaient parfois des vaisseaux noirs, des corbeaux d'acier qui crachaient dans les hauteurs du ciel des fumées dont il imaginait bien l'âcreté pour l'avoir connue de près. Heureusement, ils étaient encore peu nombreux. L'océan semblait leur offrir des espaces infinis pour s'éloigner de lui en ne maculant au passage que le soleil couchant, à la manière des toiles de Turner.

Bientôt, l'air pur et la brise du bord de mer ne lui suffirent plus comme antidote à ses problèmes de bronches. Le vent humide et froid, celui que rien n'arrête, se mit à passer par ses oreilles et à pénétrer ses poumons, lui donnant au passage des picotements à la gorge qui déclenchaient des quintes de toux prolongées.

Il avait pris la mauvaise habitude, au lieu de marcher à grandes enjambées pour lutter contre le froid, de rester assis durant de longues heures sur un des bancs le long de la promenade, plongé dans la contemplation d'objets mathématiques dont les belles symétries, qu'il était seul à percevoir, échappaient à l'entendement de son entourage. Ces fleurs complexes, il les faisait tourner dans son esprit, ou parfois même sur une feuille de papier pliée en quatre qu'il sortait de sa poche quand il lui semblait avoir trouvé quelque chose d'intéressant.

C'est ainsi que George Adolphus Schott perdit progressivement tout contact avec un entourage incapable de le suivre et de le comprendre. Il finit même par ne plus porter de lettres à la poste, ayant perdu presque tous ses correspondants. Il n'adressait plus la parole qu'à un très vieil exemplaire du traité de James Clerk Maxwell auquel manquait depuis longtemps la couverture, ce qui lui rendait service pour l'enfoncer plus aisément dans une poche avant de partir en promenade. Les pages avaient jauni. Quelques unes, trop souvent cornées, avaient fini par prendre l'humidité. Elles étaient tellement couvertes de notes marginales qu'il ne restait même plus de place pour de nouvelles observations au crayon qu'il était obligé d'insérer entre les lignes.

C'est ce livre à la main que Schott tomba d'un banc, n'ayant même plus la force de tousser, par une matinée d'hiver de 1937, sans doute foudroyé par une idée qu'il n'eut pas le temps d'exprimer en symboles ou de réduire à une équation – une idée qui lui résista plus que les autres. Il avait tout juste soixante-neuf ans. Les passants qui le ramassèrent ne prêtèrent pas attention à quelques papiers autour de lui que le vent emporta et qui s'envolèrent parmi les embruns.

Peut-être, si l'un d'entre eux avait pu les rattraper, auraient-ils appris à la postérité quelque dernier secret d'une distribution de charges tournantes qui parvient à se maintenir sans rayonner. Mais il est vraisemblable, comme personne autour de lui ne comprenait les mathématiques supérieures, que les papiers auraient de toute façon fini à la poubelle. C'est le sort ordinaire des travaux que les hommes ne comprennent pas.

Seul un petit garçon, fils d'un propriétaire de troquet qui s'obstinait hors saison à proposer des boissons chaudes sur le bord de mer, se souvint du vieux monsieur avec lequel il avait souvent passé une heure ou deux dans l'établissement désert. C'est que Schott lui avait appris un jeu compliqué aux règles étranges auquel il joua toute sa vie par fidélité à la mémoire d'un inconnu.

Schott décéda en 1937, précisément la même année

que Rutherford, après une carrière plus qu'honorable de Professeur dans une toute petite université, laissant à ses héritiers la somme de £6,427 17s 10d. C'était honnête pour l'époque, mais pas extraordinaire. Il est possible que sa carrière de grand joueur d'échecs éclipsa de son vivant sa réputation de savant, jusque dans le milieu des physiciens. A présent, très peu de chercheurs, spécialistes ou non, se souviennent encore de lui.

Si la théorie de George Schott avait été tout à fait fausse, il serait peut-être inutile d'en parler encore aujourd'hui, mais ses résultats, justement, n'étaient pas faux. Il les avait simplement obtenus dans de mauvaises conditions. Il faut satisfaire plusieurs critères pour laisser un nom dans les sciences. Premièrement – Albert Einstein l'a dit – il faut avoir une idée qui, a priori, est choquante et suscite donc de grandes controverses, mais qui, par la suite, s'avère exacte. Or, c'était bien mal parti pour Schott sous ce rapport. Tout le monde avait objecté à Rutherford, ainsi qu'aux autres créateurs de modèles analogues, que la perte d'énergie par rayonnement électromagnétique rendrait leurs divers systèmes instables. Or, les résultats de Schott ne faisaient que confirmer cette instabilité selon la théorie dite, depuis lors, classique. Il n'y avait là rien de choquant. C'était, au contraire, parfaitement cohérent. L'atome de Rutherford, par contre, était choquant. Il avait fallu le sang-froid de Bohr pour résoudre ce dilemme et franchir le pas en établissant une nouvelle théorie. Il était donc normal, selon ce critère, que Bohr et Rutherford fussent célébrés et que Schott, par contre, fût oublié. C'est la dure loi de la recherche.

Le deuxième critère est moins évident mais tout aussi important. Il faut avoir sa grande inspiration au bon moment de l'histoire, ni trop tôt, ni trop tard. Si Schott

158

avait pensé à son problème avant l'atome de Rutherford, on en parlerait sans doute encore comme d'une étape importante dans le développement de la physique et un travail utile pour débroussailler le chemin. Venant après et se heurtant en plus à l'hostilité latente de Rutherford qui ne put s'empêcher, malgré son amitié pour George Adolphus Schott, de lui reprocher de l'avoir arrêté sur la bonne route, le travail pourtant immense et novateur de Schott ne satisfaisait pas non plus le deuxième critère.

Pire encore, il venait trop tôt, et c'est là le plus étrange dans son histoire. En effet, il avait découvert ce qu'on appelle aujourd'hui le *rayonnement synchrotron*. Mais il tombait mal. Ce rayonnement de décélération émis par les accélérateurs circulaires pour électrons libres et même, plus généralement, par toute particules chargée dont le cheminement est circulaire, mais hors de la contrainte quantique, n'était pas encore connu à l'époque de George Schott.

Malheureusement pour lui, il n'existait tout simplement pas encore de synchrotron.

Les astronomes furent sans doute les premiers à s'intéresser au phénomène qu'il avait décrit et se souvinrent un peu de lui à cette occasion, mais tout cela se passait loin de la terre, loin des laboratoires et loin aussi des grandes opérations militaires qui occupèrent les esprits pendant la Deuxième Guerre Mondiale.

En fait, Schott avait bien mal choisi ses dates, non seulement par rapport à l'évolution des sciences, mais aussi par rapport à l'histoire humaine, tout bonnement.

Le 19 mai 1944, un bombardier de type Lancaster PB234, portant onze bombes de 500 kilos et trois de 250 kilos décolla de l'aéroport militaire de Waddington. Son objectif était de détruire un nœud ferroviaire situé à Revigny-sur-Ornain dans la Meuse. Il était piloté par le sergent Keith Jacob Schott, fils de Charles Jacob Schott et de Bertha Branee, né le 18 janvier 1924. Comme tant d'autres jeunes de cette génération, il avait voulu soutenir ses concitoyens dans l'effort national, mais il avait peut-ère une raison de plus que les autres. Il s'était engagé à dix-huit ans dans la Royal Air Force. Pendant sa mission, son bombardier fut pris en chasse par un avion allemand et abattu dans un champ près de Brabant-le-Roi. Il n'y eut aucun survivant. Les habitant d'une ferme voisine récupérèrent les corps et les enterrèrent avec respect dans le cimetière de l'église de Brabant-le-Roi.

Plus tard, le nom de Keith Jacob Schott fut porté sur une liste spéciale de tous les combattants juifs de la Royal Air Force morts au combat pendant la Deuxième Guerre mondiale.

Chapitre 17

Après la guerre, le Professeur Patrick Blackett, prix Nobel de Physique, ami de Churchill et illustre officier de la marine de Sa Majesté, prit en main le département de Physique d'Imperial College à Londres avec la ferme intention d'en faire une des premières institutions, non seulement de la Grande Bretagne, mais du monde entier. Il était devenu l'une des voix les plus écoutées parmi les anciens de la fameuse équipe de Rutherford. Il en répétait à satiété les anecdotes pendant ses cours et tous les étudiants les connaissaient dans leurs moindres détails. Dans les exercices suivis figurait aussi le calcul obligé de la déviation d'un tir de canon à la bataille du Jutland, que chaque promotion apprenait par cœur, persuadée, d'une année sur l'autre, qu'il finirait bien par ressortir sous forme de question d'examen lors d'une épreuve. On savait aussi qu'il fallait connaître dans tous ses détails *la* réaction nucléaire, la première de toutes les transmutations induites par l'homme dans l'histoire, dont Blackett était justement très fier.

Ce marin-physicien était devenu, en quelque sorte, la mémoire ambulante des grands moments de l'équipe légendaire. D'année en année, ses cours avaient beau devenir moins cohérents, les étudiants s'y pressaient néanmoins pour y recueillir de petits témoignages des années d'or. On se disait : bientôt, ce vieux monsieur aux costumes désuets si distingués, ce dernier représentant d'une vieille Angleterre presque disparue n'y sera plus. Personne ne pourra le remplacer. Il faut écrire ce qu'il raconte, car après lui, ce sera le grand vide que laissent derrière eux certains êtres privilégiés dans la mémoire des hommes après leur disparition. Pour cette raison, et surtout pour celle-ci, Blackett fut écouté jusqu'à la fin de sa vie, même quand ses cours, pour leur contenu pédagogique, n'intéressaient déjà plus personne.

Il eut pourtant de grandes intuitions après la guerre. Certains s'en s'étaient moqués un peu trop vite et durent se repentir. Par exemple, c'est lui qui eut l'idée géniale d'étudier la direction de magnétisation des roches au Canada, ce qui paraissait un peu fou au départ. Les avions emportaient dans les airs des magnétomètres et, pour faire plaisir à Blackett, d'anciens pilotes du temps de guerre passaient des heures à sillonner les airs au-dessus des vastes étendues d'un continent glacé et désertique. C'est ainsi qu'il obtint la première démonstration scientifique de la dérive des continents qui jusqu'alors n'avait été qu'une hypothèse apparemment invérifiable. Il avait compris que ces roches, en se solidifiant, avaient emprisonné une information cruciale : la position du pôle magnétique. Ensuite, elles avaient dérivé et la distance entre le pôle réel et le pôle apparent de magnétisation permettait encore de calculer leur parcours.

Au lendemain de cette réussite spectaculaire, Blackett décida et annonça la fermeture de l'équipe de recherche. Il y eut des murmures de désapprobation, mais il s'expliqua :

- C'est maintenant qu'il faut fermer boutique, dit-il, car jamais on n'obtiendra de résultat plus important. Nos chercheurs sont au faîte de leur réputation et je n'ai pas peur pour l'avenir de mes jeunes collègues. Ils trouveront tous du travail dans d'autres universités. Par contre, si je maintenais cette équipe en vie, elle perdrait petit à petit de l'importance, la pertinence de ses travaux disparaîtrait et la réputation de ses chercheurs baisserait fatalement. C'est donc maintenant qu'il faut suspendre cette activité, non pas demain ni après-demain.

Sa décision était la sagesse même. Tout se passa précisément comme il l'avait prévu et le début de grogne qui avait accueilli l'annonce de la fermeture fut vite oublié. Blackett avait hérité de Rutherford d'une certaine poigne dans les décisions de gestion qui lui servait beaucoup au quotidien. Il était craint et respecté.

Ceci dit, il avait aussi hérité des préjugés de son ancien patron. Il se méfiait des théoriciens et sa mémoire des événements de Manchester et de Cambridge était très sélective. Il avait vu passer, non seulement Niels Bohr, mais aussi George Schott dans les couloirs, mais il ne se souvenait que de l'atome de Bohr. Il ne faisait pas à Schott l'honneur d'avoir contesté ce modèle. Il aurait pu, au moins, s'exprimer sur la controverse et l'expliquer aux jeunes en racontant que Schott s'était trompé, que Bohr avait raison, que la difficulté venait de la nécessité d'inventer une nouvelle théorie. Mais il préférait n'en rien dire. Il partait du principe que les erreurs doivent vite tomber dans l'oubli, que les vérités acquises ne doivent plus être contestées et qu'il suffit de transmettre aux jeunes le bon chemin sans s'occuper des voies de traverse.

Ainsi, l'existence même de Schott et de ses objections furent méticuleusement effacées de la grande histoire des années d'or. On n'en retenait que les succès retentissants.

Pourtant, Blackett sut, une fois seulement, s'intéresser à la théorie. Il eut la main heureuse, car c'était pour faire venir à Imperial College le jeune Abdus Salam, futur prix Nobel, lui aussi. Malgré tout, Blackett avait compris qu'un laboratoire ne peut se passer de bons théoriciens, même s'il préférait les regarder de loin. Il fallait savoir les choisir, ce que Rutherford lui avait aussi enseigné.

.

Chapitre 18

Le premier cyclotron, un appareil conçu essentiellement pour accélérer des protons sur un chemin circulaire, fut réalisé par Ernest Lawrence et Stanley Livingston à Berkeley aux Etats-Unis entre 1931 et 1932. A l'époque, les énergies étaient encore faibles pour des particules si lourdes et les pertes d'énergie par rayonnement n'étaient donc pas encore un souci.

La situation évolua quand on passa de ces premiers accélérateurs aux accélérateurs pour électrons, notamment le bétatron dans les années 1935 à 1940 en Allemagne et aux Etats-Unis et surtout le synchrotron inventé par Vladimir Veksler en 1944 et réalisé pour la première fois à Berkeley par Edwin McMillan dans les années 1950. Pour ces deux types d'accélérateur, les pertes d'énergie par rayonnement devinrent bientôt une préoccupation.

En Europe, le grand précurseur des accélérateurs à électrons fut Wolfgang Paul qui, lui aussi dans les années 1950, réalisa discrètement un petit synchrotron dans le sous-sol de l'Université Friedrich Wilhelms à Bonn. Il le faisait discrètement car, du moins en principe, il était interdit aux physiciens allemands de l'après-guerre de travailler à la physique nucléaire. Mais son activité était tolérée car on se rendait bien compte qu'il était irréaliste d'essayer de l'empêcher. Et puis, de toute façon, il fallait bien reconnaître que Wolgang Paul était l'un des plus grands physiciens de sa génération. On le savait bien. Il ne faut pas brider les créateurs.

A cette époque, le travail de Schott semblait bien oublié par les expérimentateurs. Même aujourd'hui, peu de physiciens connaissent son nom, ce qui, avec le recul, paraît extraordinaire. Avec l'invention du bétatron, c'est même un autre théoricien, Julian Schwinger, américain, qui se chargea d'expliquer au monde l'origine du rayonnement synchrotron et consacra à ce phénomène, considéré comme nouveau, un grand article en 1949 souvent cité à ce propos. Il s'agissait – expliqua-t-il à une nouvelle génération d'étudiants encore étonnée de découvrir que les particules chargées doivent rayonner quand elles sont accélérées – tout simplement d'électrons libres cheminant sur une orbite circulaire. Oui, comme ils sont libres, ils doivent forcément obéir aux lois de Maxwell. Ils émettent un rayonnement pour freiner leur mouvement et leur éviter d'atteindre la vitesse de la lumière, ce qui, comme chacun sait, serait contraire aux principes énoncés dans sa fameuse théorie par Albert Einstein. On attribua donc à Schwinger l'explication de ce rayonnement nouveau et le malheureux Schott fut une nouvelle fois mis au rancart.

Si l'on avait mieux lu l'article de Schwinger, on se serait aperçu quand même que le nom de Schott figure en tout petits caractères dans une note ajoutée en bas de page, mais comme il n'était pas dans le corps du texte, ni même dans l'introduction de ce travail, personne ne le remarqua. Et puis, il faut bien avouer que le traité de Schott qui lui avait valu le prix Adams à Cambridge avait disparu de la circulation. Ce vieux livre était devenu quasiment introuvable.

Toute sa vie, George Adolphus Schott la passa dans l'obscurité. Il avait même mis toute son élégance à ne pas se faire remarquer, ce qui est sans doute le summum de ce qu'on appelle la distinction. Son souci fut toujours d'éviter l'excès de bruit et le tapage de la célébrité.

L'atome planétaire

Même *sa* lumière, celle qu'on devrait sans doute nommer *son* rayonnement, il l'aurait préférée discrète. Personne ne parle du rayonnement de Schott, ce qui ne l'aurait pas surpris le moins du monde.

Bientôt, d'ailleurs, ce rayonnement synchrotron devint plutôt encombrant, un obstacle pour les physiciens. Leur but était maintenant d'atteindre les énergies les plus élevées possibles en accélérant sans cesse davantage les particules chargées. Il fallait donc réduire à son minimum la perte d'énergie par rayonnement. On cherchait à augmenter le plus possible le rayon des accélérateurs jusqu'à se rapprocher presque d'une ligne droite, on augmentait la masse de la particule en remplaçant les électrons trop légers par des protons beaucoup plus lourds. Tout était fait pour faire disparaître cette lumière gênante. On entrait dans l'époque d'immenses accélérateurs et d'une science nouvelle qu'on baptisa la physique des hautes énergies. Tout ce qui concernait la lumière de Schott était balayé sous le tapis. Même l'observer était considéré comme une activité subalterne. Un physicien arménien, Diran Tomboulian, et son collègue américain, Paul Leon Hartman, finirent par obtenir de leurs collègues des hautes énergies l'autorisation de l'apercevoir à l'accélérateur de Cornell en 1953. Mais, dès que leur expérience fut conclue, on la débarqua rapidement pour laisser la place à des activités plus importantes. On voulait l'oublier. Ce qu'il fallait, c'était faire disparaître ce phénomène gênant, chose malheureusement impossible.

Entretemps, la découverte du rayonnement synchrotron fut de plus en plus souvent attribuée à Schwinger et le rôle de Schott fut progressivement oublié. Il disparut, une nouvelle fois, et plus complètement encore de la mémoire des chercheurs.

Puis vint une nouvelle époque, pour des raisons sociologiques autant que scientifiques. Dans la course aux accélérateurs toujours plus grands et plus performants, les spécialistes en avaient construit plusieurs et des laboratoires s'étaient créés un peu partout pour les exploiter. Dans un laboratoire, quand l'objectif de l'énergie la plus haute était atteint et même dépassé par un autre, qu'imaginer de plus ? Il fallait bien faire vivre toutes ces équipes avec leurs spécialités si pointues, inventées en chemin.

C'est alors qu'on imagina d'étudier les propriétés de la lumière émise et que les applications du rayonnement synchrotron, négligées jusqu'alors, furent mises au goût du jour comme sujet d'étude.

On vit même apparaître de nouveaux accélérateurs dont le but n'était plus d'accélérer des particules vers les énergies les plus élevées possibles en réduisant les pertes d'énergie dues à la lumière, mais plutôt de réaliser des sources lumineuses d'un genre nouveau adaptées à des sujets de recherche auxquels on n'avait jamais accordé autant d'importance par le passé.

Ces nouveaux appareillages, on les appelait 'sources' de rayonnement synchrotron. Ils s'organisaient autour d'un anneau et d'un dispositif en éventail permettant la construction de 'tangentes' ou 'lignes' de lumière. Elles exploitaient justement la propriété découverte par George Adolphus Schott qui avait imaginé bien avant l'heure d'accélérer suffisamment les électrons pour que la contraction relativiste d'Einstein projette la lumière dans un cône très étroit vers l'avant. C'était même tellement 'avant l'heure' qu'on ne savait plus qu'il y avait pensé.

Ces sources lumineuses fleurirent dans tous les pays industrialisés et devinrent même un symbole de richesse et de prospérité. En Europe, l'Allemagne était en tête et, dans le monde, les Japonais en construisirent le plus grand nombre. Chaque nation devait avoir la sienne pour manifester sa puissance et sa modernité.

Le premier de ces laboratoires construit en France portait le nom 'Laboratoire pour l'Utilisation du Rayonnement Electromagnétique' ou *LURE* et fut réalisé sur le campus d'Orsay, près de Paris. Comme la France s'était démarquée politiquement des Etats-Unis pendant la Guerre froide, les chercheurs soviétiques y venaient parfois, non seulement en visite, mais même pour travailler.

On se souvenait que le grand Rutherford avait eu comme étudiant au laboratoire Cavendish de Cambridge un certain Pyotr Kapitza, célèbre pour ses travaux sur la physique des basses températures, sur les champs magnétiques intenses et pour l'effet Kapitza-Dirac, découvert pendant son séjour en Angleterre. On racontait qu'il était rentré dans son pays pour revoir les siens mais que Staline l'avait empêché de repartir et lui avait effectivement créé une prison dorée dans son propre pays en lui faisant construire un Institut et en l'obligeant désormais à poursuivre sa carrière scientifique en Union soviétique.

Or, dans ses bagages, Pyotr Kapitza avait emmené le traité de George Adolphus Schott sur le rayonnement émis par les électrons en orbite circulaire. Quand le fils de Pyotr Kapitza, Serguei Kapitza, lui aussi physicien, vint à Paris et visita le *LURE*, il était accompagné par l'historien des sciences Vassili Staretzski qui fut plus qu'étonné d'entendre ce qu'on disait en Occident à propos du rayonnement synchrotron.

- Mais pourquoi nous parlez-vous toujours de l'Américain Schwinger ? demanda-t-il brusquement.

Ne connaissez-vous pas les travaux de Schott ?

Cette remarque bizarre fut mise sur le compte des tensions diplomatiques dues à la Guerre Froide. Certains s'imaginèrent que Schott devait être un de ces grands hommes inventés de toutes pièces par la propagande soviétique et dont personne n'avait entendu parler chez nous. Sans doute s'agissait-il simplement de contester par principe une découverte américaine. Tous le savaient : à Moscou, les services secrets de l'Union Soviétique travaillaient jour et nuit à imaginer des légendes de cette espèce pour convaincre le genre humain de la supériorité morale du système bolchévique.

Aussi, la question du Professeur Staretzski demeura-t-elle sans réponse. Schott, malgré son nom à conson-nance germanique, devait être un de ces Russes nés par hasard de parents venus de l'autre côté du fleuve Niémen, un de ces Russes d'adoption dont on avait gonflé la biographie pour lui attribuer toutes sortes de découvertes improbables. Personne ne voulut risquer un incident diplomatique avec la délégation russe en demandant davantage d'explications. C'eût été assez embarrassant, pendant une visite officielle au laboratoire, de mettre en doute la parole du Professeur Staretzsky de l'Académie des Sciences de l'Union des Républiques Socialistes Soviétiques.

Sans doute, parmi tous ces experts, grâce au savoir transmis par Kapitza, l'historien Staretzsky était-il le dernier à connaître encore l'existence de George Schott. Dans le contexte, il fut peut-être aussi le dernier à prononcer son nom.

Un vieux proverbe égyptien qui existe aussi dans la tradition juive affirme qu'un homme n'est pas tout à fait mort tant qu'on prononce encore son nom. Dans son outre-tombe, Schott entendit sans doute les paroles de ce Professeur Staretzsky et dut se réjouir d'apprendre qu'un homme se souvenait encore de lui. Il en eut du contentement, même s'il ne s'agissait que d'un Russe. Il faut dire qu'il n'avait pas beaucoup de choix : ce fut presque la dernière occasion pour lui d'exister. Depuis, son nom n'a presque jamais été rappelé, sauf par quelques joueurs d'échecs qui se souviennent encore de certains coups brillants qu'il avait inventés.

Chaunes

Fin

trouvez les livres de Chaunes sur

www.amazon.fr ou bien sur

www.chaunes-sylvoisal.com

.

Déjà parus :

1. Aux Editions L'Age d'Homme, 5 rue Férou 75006 Paris

Chaunes – *Galeries souterraines*   ISBN 978-2825141212

Chaunes et Sylvoisal
Contre la démission des poètes   ISBN 978-2825139066

Chaunes – *Aux portes du Tartare*   ISBN 978-2825139097

Chaunes – *Le Paradis des Filles*
Réponse à Sœur Inès de la Croix (Poèmes) ISBN 978-282513676X

La Furie Française de Chaunes et de Sylvoisal
(Prix Heredia de l'Académie Française)   ISBN 978-2825118087

Chaunes et Sylvoisal – *Le Verbiaire*   ISBN 978-2825127698
Dictionnaire des mots qui manquaient à la langue française

*Les Sublimes Qualités de Corps de Cœur d'Ame et d'Esprit
de Chaunes et de Sylvoisal*   ISBN 978-682512768X
Carte de visite jetée au siècle par ses deux auteurs.

Chaunes – *Rachel*   ISBN 978-2825127698
Journal épisodique d'une révolution de salon.

**2. Aux Editions des Poètes Français
        16 rue Monsieur-le-Prince, 75006 Paris**

Chaunes – *Aquarelles Postmodernes*   ISBN 978-2845290945

Chaunes – *Variations sur Don Pedro d'Alfaroubeira*
(première édition)   ISBN 978-2842590845

3. Chez Euroscience 1 quai Lezay Marnesia 67000 Strasbourg

Chaunes avec Wolfgang Heckl *Ein Visionär auf dem
Bayerischen Thron – Ludwig II the visionary King of Bavaria*
                ISBN 978-2952720002
Chaunes (Editeur) *Science meets Poetry*
Actes de la rencontre internationale des chercheurs et des
poètes à Barcelone   ISBN 978-2952720021

Chaunes (Editeur) *Science meets Poetry 2*
Actes de la rencontre internationale des chercheurs et des poètes à Turin   ISBN 978-2952720038

Chaunes et McGovern (Editeurs) *Science meets Poetry 3*
Actes de la rencontre internationale des chercheurs et des poètes à Dublin   ISBN 978-1481951005

Chaunes (Editeur) *Science meets Poetry 4*
Actes de la rencontre internationale des chercheurs et des poètes à Copenhague   ISBN 978-1505281538

Chaunes et Illingworth (Editeurs) *Science meets Poetry 5*
Actes de la rencontre internationale des chercheurs et des poètes à Manchester   ISBN 978-1542436557

4. Aux Poètes Français   (titres disponibles sur www.amazon.fr)

Chaunes   *Variations sur Don Pedro d'Alfaroubeira*
  (deuxième édition)   ISBN 978-1475279443

Chaunes et F*** D*** *Tatouage amoureux*
                                              ISBN 978-1477419625
Chaunes *L'étrange sœur de la Nouvelle Espagne*
 Pièce de théâtre (la vie de Sor Joana, poétesse mexicaine)
                                              ISBN 978-1477509791
Chaunes *Lucifer Libéré*
Pièce de théâtre (la vie et la mort de Byron)
                                              ISBN 978-1477587881
Chaunes *Un roi de rêve*
Pièce de théâtre (le règne et la fin tragique de Louis II de Bavière)
                                              ISBN 978-1479275854
Chaunes *Dans le désert fleuri des Temps Modernes*
                                              ISBN 978-1482656107
Chaunes *Chants d'exil*   (Poèmes)
                                              ISBN 978-1489508218
Chaunes *d'Orient et d'Asie – L'œuvre de Li Tan-Po*
                                              ISBN 978-1490397146
Chaunes *Le noeud chinois* (Récit mongol)
                                              ISBN 978-1491225905

Jean Berteault, Chaunes et Sylvoisal *Poèmes Odieux*

ISBN 978-1492358480

Chaunes *Les temps qui courent* (Poèmes)

ISBN 978-1494714892

Chaunes *La princesse et l'araignée* (Conte)

ISBN 978-1500670160

Chaunes *Les verrues du roi de Cocagne* (Conte)

ISBN 978-1502917867

Chaunes *Le trésor de Lotharingie* (Conte)

ISBN 978-1507502488

Chaunes *Les tribulations de l'iguane Pamphile*

ISBN 978-1508886693

Chaunes et Sylvoisal *Le Verbiaire* (nouvelle édition)

ISBN 978-1511528559

Chaunes *L'Histoire du chat Léandre et du tyran Agatocle* (Conte)

ISBN 978-1514853665

Chaunes *Le roi qui se prenait pour le soleil* (Conte)

ISBN 978-1519255556

Chaunes *Ivan Kazanovitch* (Récit d'espionnage)

ISBN 978-1523422050

Chaunes *Les âmes d'aujourd'hui* (Poèmes)

ISBN 978-1530575398

Chaunes *Voiles et Nudité* (Poèmes)

1ISBN 978-1536865592

Chaunes *Traité sur l'Ennui dans une nation
française soumise à la cybercensure*   ISBN 978-1540315410

Chaunes *Le secret d'Albassa* (Roman)   ISBN 978-1544654799

Chaunes et Sylvoisal *Œdipe à Ouchy* (Poèmes)

ISBN 978-1545183946

Chaunes *L'assassin du village* (Poème policier)

ISBN 978-1548269487

Chaunes *Césarescu - le génie des Carpates* (Pièce de théâtre)

ISBN 978-1979653091

Chaunes *Le Bestiaire théologique*

ISBN 978-1984978127

Chaunes et les autres impénitents *Aimez-moi donc, Marie*
                                    ISBN 978-1726863919
Chaunes et Sylvoisal *La Furie Française* (réédition)
                                    ISBN 978-1725005037
Chaunes et Sylvoisal *Contre la démission des poètes* (réédition)
                                    ISBN 978-1798267738
Chaunes *Aux portes du Tartare* (réédition)
                                    ISBN 978-1798965566
Chaunes *Le vrai Shakespeare* (Drame en cinq actes et un tableau)
                                    ISBN 978-1790252374
Chaunes *Shakespeare in Fulham* (traduction en anglais du drame
Le vrai Shakespeare)   ISBN 978-1686197697

Chaunes

*Prix José-Maria de Heredia de l'Académie Française
et prix Paul Verlaine de la Maison de Poésie de Paris
Pour l'ensemble de son œuvre, Chaunes a reçu le
Grand Prix de Poésie (prix Victor Hugo)
de la Société des Poètes Français*
chaunes@gmail.com

Lauréat du Prix Mondial de l'Humanisme
en 2018 pour l'ensemble de son œuvre
Prix Gotseva Misla 2019

Printed in Great Britain
by Amazon